ドリル＆ドリル

日本語能力試験

著者　星野恵子 ＋ 辻　和子

U0119288

頑張るあなたを応援します！

N3
聴解・読解

尚昂文化

前書き

◇この本の構成

【聴解】

<課題理解>　　　30 問題（ 6 問題 × 5 回）

<ポイント理解>　30 問題（ 6 問題 × 5 回）

<概要理解>　　　30 問題（ 3 問題 × 10 回）

<発話表現>　　　12 問題（ 4 問題 × 3 回）

<即時応答>　　　45 問題（ 9 問題 × 5 回）

【読解】

<内容理解（短文）>　 8 問題（ 4 問題 × 2 回）

<内容理解（中文）>　 6 問題（ 3 問題 × 2 回）

<内容理解（長文）>　 4 問題（ 2 問題 × 2 回）

<情報検索>　　　　　 4 問題（ 2 問題 × 2 回）

正解・解説

◇この本の特徴と使い方

① 問題数が多い。

　新しい「日本語能力試験」を受験するみなさんがＮ３の「聴解」と「読解」をマスターするための練習問題が数多く入っています。問題は、実際の試験と同様の、新しい問題形式で作られています。合格への近道は、できるだけ多くの問題を解いてみることです。この本１冊を勉強すれば、合格に近づくことができます。

② 回ごとに少しずつ進むことができる。

　少しずつ勉強を進めることができるように、それぞれの問題を何回かに分けてあります。１回ごとに必ず成績をチェックして、ページの右上の得点欄に点数を書き入れてください。実力がどれだけ伸びたか自分で確認することが大切です。

③ ていねいで、わかりやすい解説がついている。

　別冊に正解と問題の解説（ヒントや解き方）があります。「読解」の<内容理解（短文）>には、空白に入る言葉や文を考える部分もあります。これは、正解を見つけるための重要な練習ですから、必ず、やってみてください。

勉強する時間があまりない人は、正解をチェックして、間違えた問題の解説を読むといいでしょう。時間がある人は、正解できた問題でも、答えに自信がなかった問題の解説をよく読んでください。解説を読んで理解することによって、日本語の総合的な実力が向上するにちがいありません。

別冊には、難しい語句の翻訳（英語、中国語）が入っています。語彙の勉強も兼ねて、活用してください。

◇Ｎ３「聴解」の勉強のポイント

＜課題理解＞

毎日の生活の中で、私たちはラジオやテレビや人から、さまざまな情報を聞いています。このような情報のポイント（何、いつ、どこ など）を聞き取る、現実的で実際的な聞き方を練習します。試験ではポイントをメモすることも大切ですから、練習のときから、メモを取りながら聞くようにしましょう。メモの書き方も、練習するにしたがって上手になるでしょう。

＜ポイント理解＞

はじめに質問を聞きます。次に問題用紙の選択肢を読んでおきます。はっきり言わないあいまいな会話もあるので、推測をしながら、話している人の気持ちや起こったことの理由などをつかむ練習をしましょう。

＜概要理解＞

２人の対話よりも、１人で話す問題が中心です。細かい点よりも、話の全体から概要をつかまなければなりません。ただ言葉を聞き取るだけでなく、推測をする練習も必要です。

＜発話表現＞

場面を表すイラストを見ながら、状況の説明を聞きます。ほかの問題とちがって、この問題では話し手の発話を選びます。話し手の発話が場面や状況に合っているかどうかを判断します。実際のコミュニケーションで場面や状況に合う発話ができる力をつけておきましょう。

＜即時応答＞

短い話を聞いて、その返事を３つの中から選びます。新しい形式の問題ですから、形式に慣れて、短い時間ですぐに答えが選べるようにトレーニングをしてください。練習をすればするだけ、慣れて、楽に正解が見つかるようになります。45 の問題が終わったら、また最初から聞いて、繰り返し練習すると効果的です。

◇Ｎ３「読解」の勉強のポイント

＜内容理解 (短文) ＞

　短い文章を読みます。手紙、Ｅメール、お知らせなどの実用的な文章も出題されるかもしれません。速く読んで、すぐに要点をつかむ練習をしましょう。

＜内容理解 (中文) ＞

　350 字ほどの文章を読みます。評論、解説文、エッセイなどの文章が中心になります。内容の事実関係をとらえる練習、さらに因果関係や筆者の考えなどを読み取る練習もしなければなりません。

＜内容理解 (長文) ＞

　550 字ほどの評論、解説文、エッセイなどを読みます。内容の事実関係を理解するのはもちろんのこと、文字に表れていない筆者の考えなどを汲み取らないと答えられない問題もあります。少し大変ですが、長い文章を深く読む練習をしてこそ、読解力が向上しますから、がんばりましょう。

＜情 報検索＞

　お知らせや案内などの実用文を読んで、必要な情報を見つけます。漢字、語彙の知識が足りないと、なかなか答えられません。自分が今実際にその情報を探しているつもりになって集中して読むと、答えが見つけやすくなるでしょう。

Preface

◇ **The makeup of this book**

[Listening]

<Task-based comprehension>	30 questions(6 questions×5)
<Comprehension of key points>	30 questions(6 questions×5)
<Comprehension of general outline>	30 questions(3 questions ×10)
<Verbal expressions>	12 questions(4 questions × 3)
<Quick response>	45 questions(9 questions× 5)

[Reading]

<Comprehension (Short passages)>	8 questions(4 questions×2)
<Comprehension (Mid-size passages)>	6 questions(3 quesitons×2)
<Comprehension (Long passages)>	4 questions(2 questions×2)
<Information retrieval>	4 questions(2 questions×2)

Answers/Explanations(separate book)

◇ **Features of and how to use this book**

(1) A large number of questions are provided.

This book contains a large number of practice tests in the area of "Listening" and "Reading" for those who are going to take the new "Japanese-Language Proficiency Test" Level N3. All the questions have been made in the same new styles taken in the actual test. A shortcut for you to pass the test would be to try as many practice questions as possible. We hope you study this book hard and can finally pass the test.

(2)You can proceed gradually by taking one test at a time.

Each test is split into several portions so you can proceed your study little by little. Make sure you fill in your score each time in the score space at the top of the page because it is important to check your current level.

(3)Helpful explanations are provided.

You will find the correct answers and explanations (tips and answering techniques) in the separate booklet. In the "Comprehension (Short passages)" section for "Reading", there are also helpful guides for choosing the right words and sentences for blanks. We strongly advise you to try this practice because it is important for grasping the main ideas of a passage and find the right answers.

If you don't have much time to study, you can just check the right answers and read the explanations for the ones you were wrong with. If you do have time, please read the explanations carefully even if your answers were correct but you were not confident with them. By reading the explanations and understanding them, you will surely improve your general skills of Japanese.

In the separate booklet, translation of difficult words and phrases is provided (in English, Chinese). Please make use of it for studying vocabulary as well.

◇ **Study points for N3 "Listening"**

<Task-based comprehension>

We hear all kinds of information in our daily life through radio or TV or people. In this section you practice catching the necessary information (real-life information such as what, when, where etc.). It is also important to take notes during the test, so practice listening while taking notes. You can also improve note-taking techniques in a while.

<Comprehension of key points>

First you listen to some questions. Next you read the choices on the test paper. There are some conversations that are rather vague and indirect, so you need to practice guessing and catching the speaker's feelings or reasons for some incidents.

<Comprehension of general outline>

Mostly one person's speeches instead of two-people dialogs are given. You need to get the main idea of the whole speech rather than the detailed points. You should be able to make a guess besides comprehending the speeches.

<Verbal expressions>

You listen to an explanation of a situation while you look at an illustration that describes the scene. Unlike other questions, you choose the speaker's utterance in this question. You judge if the speaker's utterance is suited to the scene or situation. You need to strengthen your skill to be able to say what is suited to particular scenes and situations in actual communications. Make sure you carry it out for practice.

<Quick response>

You listen to a short story, and need to pick the right response out of three choices. Because this is a new type of questions, try to get used to this style and train yourself to be able to pick the right answers in a short time. The more practice you make, the more you will get used to it and be able to get the correct answers easily. It will be effective, when you are finished with all the 45 questions, to go back to the first one and listen again.

◇ Study points for N3 "Reading"

<Comprehension(Short passages)>

You read a short passage, sometimes daily-life messages such as a letter, Email, notice, etc. You need to practice fast reading and getting the essential points.

<Comprehension (Mid-size passages)>

You read an about-500-character-long passage, mostly a comment, report, or an essay. You need to practice telling if some incidents are true or false, and also need to practice understanding cause-and-effect relations or author's ideas.

<Comprehension (Long passages)>

You read an about-1000-character-long comment, report, or essay. You need to be able to tell if some incidents are true or false first of all, and also there are some questions that are pretty hard to answer unless you pick the author's ideas which are not expressed in the written sentences. It may be a little hard, but your reading skill must improve only if you practice reading long passages, so hang in there and do not give up.

<Information retrieval>

You read notices or announcements and then search for necessary information. It is pretty difficult to answer these questions if you do not have enough knowledge of *kanji* and vocabulary. It would be advised that you read the sentences and phrases thinking that you actually are trying to find certain information, and you would be able to better concentrate yourself and find the answers more easily.

序言

◇本書的構成
【聽解】
<課題理解>	30題（6題×5回）
<要點理解>	30題（6題×5回）
<概要理解>	30題（3題×10回）
<語言表達>	12題（4題×3回）
<即時應答>	45題（9題×5回）

【讀解】
<內容理解（短文）>	8題（4題×2回）
<內容理解（中長文）>	6題（3題×2回）
<內容理解（長文）>	4題（2題×2回）
<資訊檢索>	4題（2題×2回）

正解・解說

◇本書的特徵和用法
1 練習題多
為了使準備應考新〝日本語能力試驗〞的學習者掌握N3的〝聽解〞與〝讀解〞，本書收入了大量的練習題。這些練習題和考試時的考題一樣，均是使用新的形式所編纂的。合格的捷徑就是大量的做練習題。只要學習本書就能向合格的目標邁進。

2 每回都能循序漸進的向前進展
為了循序漸進的向前進展，這些練習題各自分成幾回。每一回都可以在當頁右上角的得分欄中填入分數，測試現在的實力。

3 附有簡而易懂的解說
在本書中附有正確答案和練習題的解說（要點、解題方法等）。〝讀解〞的<內容理解（短文）>當中設有填空部分，這是有助於找出正確答案的重要練習，所以請務必填寫。

如果你是沒有時間的人，你只要檢查自己的答案是否正確，然後閱讀一下答錯的習題的解說就可以了。如果你是喜愛學習的人，即使回答正確，如果對答案不是很確定的話，也請慢慢仔細閱讀解說的部分，如果能閱讀和理解〝解說〞，你的日語綜合實力將會大幅的提升。

本書在「正解・解說」中，對於比較困難的語句附有中文與英文的翻譯。也可以成為學習語彙的機會，請好好的充分利用。

◇Ｎ３〝聽解〞的學習要點

＜課題理解＞

　　每天的生活中，我們從廣播、電視和他人那裡獲得生活所必需的信息。聽取這些具體的情報（什麼、誰、何時、何地），以練習實境中的聽力。考試當中，將重點記下是非常重要的，所以請邊聽邊記筆記，如此也能提高做筆記的技巧。

＜要點理解＞

　　首先，聽所提的問題，然後閱讀一下練習題中的４個選擇項目。題目當中也有一些曖昧不清的說話方式，請一邊推測一邊練習找出說話者的心情和發生事情的理由等。

＜概要理解＞

　　此部分的對話題中，以１個人說話的部分為題目重點。這並不是要聽取各個細節，而是練習從全文中聽取概要；不只是要聽懂內容，練習推測也是必要的學習重點。

＜語言表達＞

　　一邊看情境插圖，一邊聽取狀況的說明。和別的練習題不同，這個習題是選擇說話者該怎麼表達。判斷說話者的表達是否符合場面和狀況。請藉此練習以提升實際交流場面的應對能力。

＜即時應答＞

　　聽一段很短的對話，從３個回答選項中選擇一個。這是新形式的〝聽解〞題目，為了習慣這種形式，並且可以在短時間內馬上找出答案，請多加練習。練習做得越多，習慣得越快，答題也更容易。45道練習題做完後，請再回到前面從頭開始，反覆練習就會有效果。

◇Ｎ３〝讀解〞的學習要點

＜內容理解（短文）＞

　　閱讀較短的文章。信、電子郵件、通知等實用性的文章都可能會出現在試題中。請練習快速閱讀後，迅速抓住要點。

＜內容理解（中長文）＞

　　閱讀550字左右的文章。主要是以評論、解說文、散文為主。必須掌握內容的事實關係，進而練習讀取當中的因果關係及筆者的想法。

＜內容理解（長文）＞

　　閱讀1000字左右的評論、解說文、散文等。這些題目必須理解內容的事實與關係，除此之外，如果不能抓住筆者隱含在文字之內的想法，則無法回答問題。這些練習或許有些辛苦，但唯有練習深入閱讀長文，才能提高閱讀能力。

＜資訊檢索＞

　　閱讀通知、指南等實用性文章，從中找出必要的資訊。如果漢字和語彙的功力不足，將難以解答問題。倘若能假想自己現在正在尋找該資訊，或許會比較容易找到答案。

目次

聴　解 【Listening】

ＣＤトラック No 一覧

課題理解			CD A-02
第1回	1番		CD A-03
	2番		CD A-04
	3番		CD A-05
	4番		CD A-06
	5番		CD A-07
	6番		CD A-08
第2回	7番		CD A-09
	8番		CD A-10
	9番		CD A-11
	10番		CD A-12
	11番		CD A-13
	12番		CD A-14
第3回	13番		CD A-15
	14番		CD A-16
	15番		CD A-17
	16番		CD A-18
	17番		CD A-19
	18番		CD A-20
第4回	19番		CD A-21
	20番		CD A-22
	21番		CD A-23
	22番		CD A-24
	23番		CD A-25
	24番		CD A-26
第5回	25番		CD A-27
	26番		CD A-28
	27番		CD A-29
	28番		CD A-30
	29番		CD A-31
	30番		CD A-32

ポイント理解			CD A-33
第1回	1番		CD A-34
	2番		CD A-35
	3番		CD A-36
	4番		CD A-37
	5番		CD A-38
	6番		CD A-39

第2回	7番	CD A-40
	8番	CD A-41
	9番	CD A-42
	10番	CD A-43
	11番	CD A-44
	12番	CD A-45
第3回	13番	CD A-46
	14番	CD A-47
	15番	CD A-48
	16番	CD A-49
	17番	CD A-50
	18番	CD A-51
第4回	19番	CD A-52
	20番	CD A-53
	21番	CD A-54
	22番	CD A-55
	23番	CD A-56
	24番	CD A-57
第5回	25番	CD B-01
	26番	CD B-02
	27番	CD B-03
	28番	CD B-04
	29番	CD B-05
	30番	CD B-06

概要理解		CD B-07
第1回	1番	CD B-08
	2番	CD B-09
	3番	CD B-10
第2回	4番	CD B-11
	5番	CD B-12
	6番	CD B-13
第3回	7番	CD B-14
	8番	CD B-15
	9番	CD B-16
第4回	10番	CD B-17
	11番	CD B-18
	12番	CD B-19

日付	／	／	／
得点	／6	／6	／6

まず質問を聞いてください。それから話を聞いて、問題用紙の1から4の中から、最もよいものを一つえらんでください。

1ばん CD A - 03

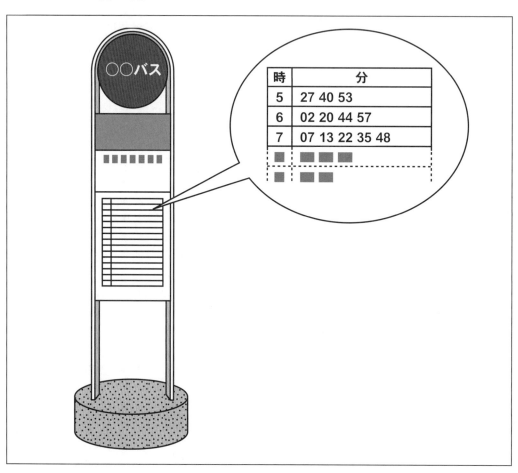

時	分
5	27 40 53
6	02 20 44 57
7	07 13 22 35 48

1　5：53

2　6：44

3　6：57

4　7：07

課題理解
ポイント理解
概要理解
発話表現
即時応答

2ばん CD A-04

1 テストを受ける

2 次のテストの準備をする

3 まちがえたところを直す

4 先生に質問する

3ばん CD A-05

1 窓口

2 ロビー

3 銀行

4 教室

4ばん CD A-06

1 おじいさんに電話をする

2 おばあさんに電話をする

3 デパートに行く

4 駅前の店に行く

5ばん CD A-07

1 佐藤さん

2 山田さん

3 木村さん

4 中川さん

6ばん CD A-08

1 ケーキを冷やす

2 生クリームをなべに入れる

3 チョコレートを小さく切る

4 今まで使った道具を片づける

第2回	日付	/	/	/
課題理解	得点	/6	/6	/6

まず質問を聞いてください。それから話を聞いて、問題用紙の1から4の中から、最もよいものを一つえらんでください。

7ばん CD A-09

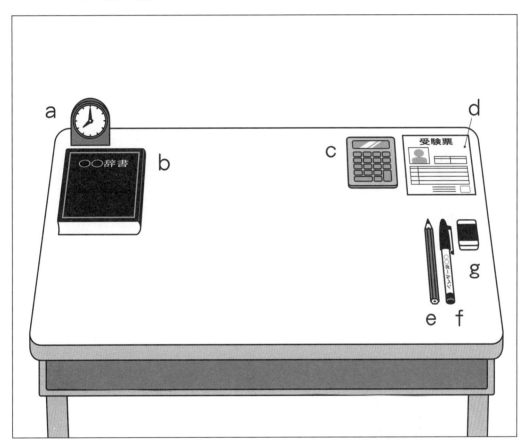

1　b　c　f

2　b　e　g

3　a　d　f　g

4　a　b　c　f

8 ばん CD A-10

1 商品の並べ方を変える

2 商品の数を減らす

3 お客さんの気持ちを聞く

4 同じ種類の商品を集める

9 ばん CD A-11

1 駅の向こうの店

2 ワインの店

3 ラーメン屋

4 コンビニ

10 ばん CD A-12

1 カレーの材料とくだもの

2 バターとアイスクリーム

3 肉と野菜とアイスクリーム

4 肉と野菜とバター

課題理解 ポイント理解 概要理解 発話表現 即時応答

11 ばん CD A-13

1　地下鉄

2　地下鉄と緑の電車

3　緑の電車とバス

4　地下鉄とバス

12 ばん CD A-14

1　佐藤さんに書類を渡す

2　課長に発表の資料を見せる

3　資料に今年のデータを入れる

4　課長に連絡する

課題理解　ポイント理解　概要理解　発話表現　即時応答

まず質問を聞いてください。それから話を聞いて、問題用紙の1から4の中から、最もよいものを一つえらんでください。

13 ばん CD A - 15

ア 大山部長（おおやまぶちょう）

イ 田中課長（たなかかちょう）（営業部（えいぎょうぶ））

ウ 山田（やまだ）（営業部（えいぎょうぶ））

エ 佐藤（さとう）

オ 中田（なかた）

カ 青木（あおき）

キ 西川（にしかわ）

ク 木村（きむら）（南工場（みなみこうじょう））

ケ 鈴木（すずき）（南工場（みなみこうじょう））

1　ア・イ・ウ・ク・ケ

2　イ・ウ・オ・カ

3　ア・イ・ウ・オ・カ

4　イ・ウ・ク・ケ

課題理解

ポイント理解

概要理解

発話表現

即時応答

14 ばん CD A - 16

1 動物ランドへ行く

2 家でパーティーをする

3 おじいさんとおばあさんの家でパーティーをする

4 おじいさんとおばあさんといっしょに出かける

15 ばん CD A - 17

1 火曜日の午後6時

2 木曜日の午前9時

3 土曜日の午前9時

4 土曜日の午後6時

16 ばん CD A - 18

1 名簿を作る

2 名札を作る

3 会議室へ行く

4 昼ご飯を食べる

17 ばん CD A - 19

1　サービスセンターに電話する

2　サービスセンターへ行く

3　駅前の店に行く

4　アルバイトに行く

18 ばん CD A - 20

1　新しい住所を書く

2　機械でお金を出す

3　番号の札を取る

4　家から紙を持ってくる

課題理解

ポイント理解

概要理解

発話表現

即時応答

第4回
課題理解

日付	／	／	／
得点	／6	／6	／6

まず質問を聞いてください。それから話を聞いて、問題用紙の１から４の中から、最もよいものを一つえらんでください。

19 ばん ^{CD} A - 21

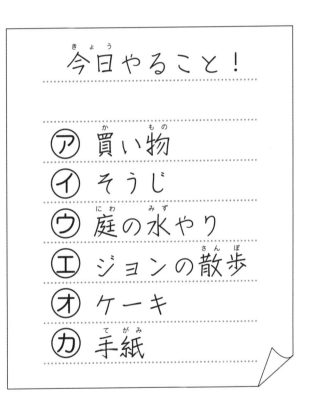

今日やること！

ア 買い物
イ そうじ
ウ 庭の水やり
エ ジョンの散歩
オ ケーキ
カ 手紙

1 イ・エ・オ
2 ア・ウ・カ
3 ア・ウ・オ
4 ア・オ・カ

20 ばん CD A-22

1　1時に食堂に集まる

2　1時45分にテニスコートに集まる

3　2時にテニスコートに集まる

4　2時に庭に集まる

21 ばん CD A-23

1　ミーティングの場所の確認

2　田中さんへの連絡

3　田中さんへの連絡とコピー

4　コピー

22 ばん CD A-24

1　内科

2　耳鼻科

3　小児科

4　内科と耳鼻科

23 ばん CD A - 25

1 コンビニへ行く
2 郵便局へ行く
3 郵便局へ電話する
4 ほかの用事をする

24 ばん CD A - 26

1 土を入れ替える
2 日光に当てる
3 土に栄養剤を入れる
4 水をやる回数を減らす

まず質問を聞いてください。それから話を聞いて、問題用紙の 1 から 4 の中から、最もよいものを一つえらんでください。

25 ばん CD A - 27

車種	6時間まで(円)	12時間まで(円)	24時間まで(円)	超過料金(円) (1時間ごとに)
乗用車(1000cc)	4,200	5,000	6,500	1,000／h
乗用車(1500cc)	6,800	7,800	9,500	1,500／h
乗用車(2500cc)	9,500	12,000	15,000	2,100／h
ミニバン	7,000	9,500	12,000	1,500／h
RV	10,000	13,000	17,000	2,500／h

課題理解
ポイント理解
概要理解
発話表現
即時応答

1　5,000 円

2　7,000 円

3　7,800 円

4　12,000 円

26 ばん CD A-28

1 電池を買いに行く
2 電池と水を買いに行く
3 車を車庫に入れる
4 ふろに水をためる

27 ばん CD A-29

1 飛行機の切符を取る
2 新幹線の切符を取る
3 今度の企画の説明をする
4 会議に出席する

28 ばん CD A-30

1 必要なところを覚える
2 図書室で歴史のまんがの本を借りる
3 図書室で歴史の小説を借りる
4 歴史のまんがの本を買う

29 ばん CD A-31

1　スーパー

2　本屋

3　友だちの家

4　クリーニング屋

30 ばん CD A-32

1　銀行でお金の払い方を聞く

2　コンビニでお金を払う

3　郵便が届くのを待つ

4　もう一度電話をかける

課題理解　ポイント理解　概要理解　発話表現　即時応答

第1回

ポイント理解

まず質問を聞いてください。そのあと、問題用紙を見てください。読む時間があります。それから話を聞いて、問題用紙の1から4の中から、最もよいものを一つえらんでください。

1ばん CD A-34

1　3,000円

2　7,000円

3　30,000円

4　70,000円

2ばん CD A-35

1　将来に希望がある会社

2　自分の能力に合った仕事ができる会社

3　どんな仕事でもやらせてもらえる会社

4　自分の能力を伸ばすことができる会社

3ばん CD A-36

1　正しくない請求書を作った

2　だれにでもあるミスをした

3　ちがう請求書を送った

4　同じまちがいを二度した

4ばん CD A-37

1 運動が好きだから
2 仕事が忙しいから
3 走りたいから
4 太ったから

5ばん CD A-38

1 いつも文句を言うところ
2 自分で会議の準備をしないところ
3 後から文句を言うところ
4 チェックに時間がかかるところ

6ばん CD A-39

1 きらいなものが入っているから
2 好きなものが入っていないから
3 料理の味がよくないから
4 ピリッと辛いから

ポイント理解

日付	／	／	／
得点	／6	／6	／6

まず質問を聞いてください。そのあと、問題用紙を見てください。読む時間があります。それから話を聞いて、問題用紙の 1 から 4 の中から、最もよいものを一つえらんでください。

7ばん ^{CD} A - 40

1 去年より暑い日が多くて、雨も多い

2 去年ほど暑くないが、夕立がある

3 去年ほど暑くないが、雷が多い

4 去年と同じくらい暑いけれど、雨が少ない

8ばん ^{CD} A - 41

1 社会に出て勉強をしたいから

2 会社で働くことになったから

3 成績がよくないから

4 おじさんの会社で仕事をするから

9ばん ^{CD} A - 42

1 シャツが破れているから

2 同じ色のシャツがないから

3 お金を返してくれないから

4 ほかのシャツに取り替えてくれないから

課題理解　ポイント理解　概要理解　発話表現　即時応答

10 ばん CD A‑43

1 仕事が忙しいこと
2 文句が言えないこと
3 寮が会社から遠くなったこと
4 寮が古くなったこと

11 ばん CD A‑44

1 色
2 サイズ
3 柄
4 デザイン

12 ばん CD A‑45

1 部下をきちんと指導する人
2 部下に対してやさしい人
3 部下をよくしかる人
4 いい仕事をする人

まず質問を聞いてください。そのあと、問題用紙を見てください。読む時間があります。それから話を聞いて、問題用紙の1から4の中から、最もよいものを一つえらんでください。

13 ばん CD A-46

1 バス
2 飛行機
3 新幹線
4 船

14 ばん CD A-47

1 昼までゆっくり過ごしたい
2 休みの日の時間をむだにしたくない
3 午前中を楽しく過ごすのはもったいない
4 たまには早起きをしよう

15 ばん CD A-48

1 機械が故障したから
2 暗証番号がちがうから
3 カードに傷がついているから
4 注意が足りないから

課題理解 ポイント理解 概要理解 発話表現 即時応答

16 ばん CD A - 49

1 当たってもありがたいと感じないから

2 買っても 100万円は当たらないから

3 1万円あれば、十分にありがたいから

4 運がよくないと当たらないから

17 ばん CD A - 50

1 毎日運動すること

2 夜遅い時間に食べないこと

3 朝早く起きて歩くこと

4 油の多いものは食べないこと

18 ばん CD A - 51

1 奨学金がもらえないこと

2 やりたいことがわからないこと

3 試験の成績がよくならないこと

4 専門が決められないこと

まず質問を聞いてください。そのあと、問題用紙を見てください。読む時間があります。それから話を聞いて、問題用紙の1から4の中から、最もよいものを一つえらんでください。

19 ばん ^{CD} A - 52

1 節約の方法を考える

2 来月の目標を決める

3 残業を減らす方法を考える

4 仕事の能率を上げる方法を考える

20 ばん ^{CD} A - 53

1 サッカーについての娘の考え方

2 娘が第三高校に行きたがっていること

3 将来の問題についての娘の考え方

4 娘が第三高校を希望する理由がわからないこと

21 ばん ^{CD} A - 54

1 優勝した

2 2位だった

3 3位だった

4 ゴールの前でトップになった

22 ばん CD A - 55

1 外国語で上手にコミュニケーションができる人

2 日本語で上手にコミュニケーションができる人

3 外国語でも日本語でもコミュニケーションができる人

4 英語や中国語やスペイン語ができる人

23 ばん CD A - 56

1 部屋が新しくてきれいだから

2 買い物に便利だから

3 野菜を作る夢を見たから

4 畑が借りられるから

24 ばん CD A - 57

1 先輩がきびしいから

2 練習が大変だから

3 留学するから

4 時間がないから

まず質問を聞いてください。そのあと、問題用紙を見てください。読む時間があります。それから話を聞いて、問題用紙の1から4の中から、最もよいものを一つえらんでください。

25 ばん CD B - 01

1 駅が大きくなって、緑が増えた
2 便利になって、自然環境がよくなった
3 人が増えて、緑が減った
4 人が減って、自然環境が変わった

26 ばん CD B - 02

1 電車の中で楽しめること
2 電話とメールができること
3 きれいな写真が撮れること
4 役に立つ情報が多いこと

27 ばん CD B - 03

1 景気が悪いから
2 ボーナスが少ないから
3 夫婦の関係がよくないから
4 世の中がどうなるかわからないから

課題理解 ポイント理解 概要理解 発話表現 即時応答

28 ばん CD B-04

1 スポーツ

2 食べ物

3 祭り

4 歌舞伎

29 ばん CD B-05

1 町の写真を撮ることができるから

2 新しい楽しみを見つけたいと思ったから

3 自転車はいつでもどこでも止めることができるから

4 経済的で、体にもいいから

30 ばん CD B-06

1 説明がわかりにくい点

2 新しさのある商品ではない点

3 消費者が驚く点

4 企画書の書き方が難しい点

問題用紙に何もいんさつされていません。この問題は、ぜんたいとしてどんなないようかを聞く問題です。話の前に質問はありません。まず話を聞いてください。それから、質問とせんたくしを聞いて、1から4の中から、最もよいものを一つえらんでください。

1ばん CD B-08　　〔 1　2　3　4 〕

CDを聞いて（　　）に書きなさい。

聞き取りヒント

M：ご家族でゆっくりと①（　　　　　　　　　　　　　）広い②（

　　　　　　　　　　　　　）。寒い季節にぴったりの温かくておいしい

　お食事も③（　　　　　　　　　　　　　　　　）。みなさま、

　ご家族でどうぞ。

2ばん CD B-09　　　〔 1　2　3　4 〕

CDを聞いて（　　）に書きなさい。

聞き取り
ヒント

M：このかばん、インターネットショッピングで買ったんだ。いいだろ？

F：えー、でもインターネットで買い物するのって、ちょっと危なくない？　商品を①（　　　　　　　　　　）ことができないし。

M：でも、便利だよ。簡単に②（　　　　　　　　）し、③（

　　　　　　　）こともできるし……。店員にあれこれ④（　　　　　　

　　　　　　）し。出かけなくても⑤（　　　　　　　　　　　　　　）

からね。

F：でも、店だったらすぐに⑥（　　　　　　　　　　　）、商品を送る

⑦（　　　　　　　　　　）し。

M：まあね。どの方法にもいいところ悪いところがあるからね。上手に使

えば、やっぱり⑧（　　　　　　　　　　）と思うよ。

F：⑨（　　　　　　　　　　）、注意は必要よ。

CDを聞いて（　　）に書きなさい。

聞き取り
ヒント

F：これが新しく発売（はつばい）するケーキです。ふつうパンやケーキには①（

　　　　　　）が使われますが、このケーキには②（　　　　　　　）を

使いました。米粉（こめこ）って、ご存（ぞん）じですか。③（　　　　　　　　　　　）

です。食べたときに④（　　　　　　　　　　　）がします。いろ

いろな料理に⑤（　　　　　　　　）、小麦粉（こむぎこ）よりも⑥（

　　　　　　）と言われています。日本では、米粉（こめこ）は昔（むかし）からせんべい

やだんごなどの⑦（　　　　　　）に使われてきました。最近（さいきん）ではパン

や麺（めん）など、⑧（　　　　　　　　　　　）ようになっていま

す。私は今、⑨（　　　　　　　　　　）をしているんです。

課題理解　ポイント理解　概要理解　発話表現　即時応答

第2回
概要理解

日付	／	／	／
得点	／3	／3	／3

問題用紙に何もいんさつされていません。この問題は、ぜんたいとしてどんなないようか
を聞く問題です。話の前に質問はありません。まず話を聞いてください。それから、質問
とせんたくしを聞いて、1から4の中から、最もよいものを一つえらんでください。

4ばん　CD B-11　　　〔　1　2　3　4　〕

CDを聞いて（　　）に書きなさい。

聞き取り
ヒント

M：最近よく図書館に行っているそうだね。①（　　　　　　　　）？

F：②（　　　　　　　　）んだけど……。

M：あそこの図書館、③（　　　　　　　）が多いとか？

F：めずらしい本が多いかどうかは④（　　　　　　　）けど。実は
　　ね。

M：え、何？

F：あそこの2階の⑤（　　　　　　　）、すごく⑥（　　　　　　　）
　　のよ。もちろん勉強にぴったりの⑦（　　　　　　　）もちゃんと
　　あるし。本を読んだりレポートを書いたりするのに⑧（
　　　　　　　　　）に飲むコーヒーは⑨（　　　　　　　）。

M：そうか。ぼくも一度行ってみようかな。

CDを聞いて（　　）に書きなさい。

M：明日、①（　　　　　　　　　）にここに集まってください。簡単に

②（　　　　　　　　　　）から、みんなでいっしょにコンサート

会場に③（　　　　　　　　　）。田中さんと川田さんは会場の入り口

で④（　　　　　　　）をお願いします。会場の準備はだいたい

⑤（　　　　　　）から、明日は会場に着いたらそれぞれ⑥（

　　　）をやってください。何か問題があったときには、すぐに

私に連絡すること。特に⑦（　　　　　　　　）はしっかりしてお

いてください。明日は絶対に成功させましょう。

6ばん  CD B-13　　〔　1　2　3　4　〕

CDを聞いて（　　）に書きなさい。

聞き取りヒント

F：それでは、木村さんのご趣味についてうかがいます。木村さんはウォーキングをなさっているそうですね。

M：ええ、2年前30年勤めた①（　　　　　　　　　）、何か新しいことを始めようと思って、②（　　　　　　　　　）を始めました。初めは近所を一人で③（　　　　　　　　　）程度だったんですが、そのうちよく顔を合わせる人たちと④（　　　　　　　　）ようになり、その人たちとウォーキングの⑤（　　　　　）ことになりました。今では会員も増えて、月に5、6回20人前後がいっしょに近所の公園の周りを4、5キロ歩いています。そこで仲間と⑥（　　　　　　　　　　　）が、今では私の⑦（　　　　　　　　　）になっています。

日付	／	／	／
得点	／3	／3	／3

問題用紙に何もいんさつされていません。この問題は、ぜんたいとしてどんなないようかを聞く問題です。話の前に質問はありません。まず話を聞いてください。それから、質問とせんたくしを聞いて、1から4の中から、最もよいものを一つえらんでください。

7ばん CD B-14　　　〔　1　2　3　4　〕

CDを聞いて（　　）に書きなさい。

聞き取り
ヒント

F：今日は①（　　　　　　　　　）。日本のあちこちで雪が②（

　　　　　）が、今朝の富士山はきれいに晴れました。こちらをご覧く

ださい。ちょうど富士山の上から太陽が③（　　　　　　　　　　）

ね。これは、④（　　　　　　　　　　）が美しく光っているよう

なので、「ダイヤモンド富士」と呼ばれています。あ、光が⑤（

　　　　　）ね。冬のこの時期に⑥（

　　　　　）ものです。⑦（　　　　　　　　　）。今朝も「ダイヤモンド

富士」の写真を撮るために、こんなに多くの⑧（　　　　　　）

が集まりました。

8ばん CD B‐15　　〔　1　2　3　4　〕

CDを聞いて（　）に書きなさい。

聞き取りヒント

F：あのう、大家の鈴木ですが……。

M：はい。

F：あのう、ちょっと言いにくいんですが……。最近、①（

　　　　　　　　　）でしょう？

M：えっ。テレビですか。②（　　　　　　　　　　　）よ。

F：実はね、ほかの部屋の人から、③（　　　　　　　　）言われてい

　るんだけど……。いえね、テレビを見ちゃいけないって④（

　　　　　　　）、ただ、もう少し、⑤（

　）って思って……。

M：あっ、もしかして……。実は⑥（　　　　　　　　　　）んで、

　夜、⑦（　　　　　　　　　）んです。それで⑧（

　　　　　　）かもしれません。すみません……。

F：そうでしたか。⑨（　　　　　　　　　）んですね。

M：申し訳ありませんでした。これからは気をつけます。

CDを聞いて（　　）に書きなさい。

聞き取り
ヒント

M：あのう、すみません。あそこに書いてある「さわやかスタッフ」って

　　何ですか。

F：あ、はい。こちらの市役所には、「さわやかスタッフ」が①（

　　　　　　　　）。市民のみなさまは、いろいろなご用で市役所へ来られま

　　すが、手続きをする前に②（　　　　　　　　　　　　）に必要なことを書い

　　ていただかなければならなかったり、③（　　　　　　　　　　　　　　）

　　があったりします。「さわやかスタッフ」は、市役所に来られたみな

　　さまが④（　　　　　　　　　　　　　　　）ように、ご案内をしたり、

　　⑤（　　　　　　　　　　）します。

第4回
概要理解

日付	／	／	／
得点	／3	／3	／3

問題用紙に何もいんさつされていません。この問題は、ぜんたいとしてどんなないようか
を聞く問題です。話の前に質問はありません。まず話を聞いてください。それから、質問
とせんたくしを聞いて、1から4の中から、最もよいものを一つえらんでください。

10ばん  B-17　　〔　1　　2　　3　　4　〕

CDを聞いて（　）に書きなさい。　　　　　　　　　　　聞き取り
　　　　　　　　　　　　　　　　　　　　　　　　　　ヒント

M：すみません。「だれにもわかる世界の経済」という①（

　　　　　　　）。

F：あ、すみません。先週まであったんですが、もう②（

　　　　　　　）んです。

M：え、そうなんですか。

F：また③（　　　　　　　　）に入ってくる予定ですけど。

M：う～ん、来週か再来週か。困ったなあ。再来週が④（

　　　　　）なんです。⑤（　　　　　　　）には無理ですか。

F：そうですね。⑥（　　　　　　　　　　　）、お知らせしましょうか。

M：そうですか。だめだったら、レポートのしめ切り、⑦（

　　　　　　　）んで、よろしくお願いします。

CDを聞いて（　）に書きなさい。

F：そうなのよ、私もね、昨日（きのう）の夜、聞いたばかりなの。主人も①（

　　　　）らしいけど、今はずっと②（　　　　　　　　　　　）仕事

ができるって言って喜（よろこ）んでいるわ。でも急でびっくりしちゃった。主

人は今月の終わりに③（　　　　　　　　）行って、私と子どもたちも

来月にはここを④（　　　　　　　　　）んですって。まあ、住む

ところは会社が⑤（　　　　　　　）らしいし、⑥（　　　　　）

みたいだから、あまり⑦（　　　　　　　　　　　）んだけど……。

⑧（　　　　　　　　　）。下の子は小学校の４年生、上の子が中学２

年生で、⑨（　　　　　　）のクラブとか高校の⑩（　　　　　）とか、

いろいろあって、⑪（　　　　　　　　）なのよね。

12 ばん CD B - 19　　〔　1　2　3　4　〕

CDを聞いて（　　）に書きなさい。

聞き取り
ヒント

M：お酒は①（　　　　　　　　　　）、心も体も楽になって②（

　　　　　）ものです。では、③（

　　　　　）楽しい時間を過ごせるのでしょうか。まず、笑いながら

④（　　　　　　　　　　　　　　）。そして何かを⑤（

　　　　　）。⑥（　　　　　　　　　　　　）のは胃に悪いです。

⑦（　　　　　　　　　　　　　　）、お酒も料理ももっとおいしく

なります。そして、何より大切なのは、⑧（　　　　　　　　　）こと

です。⑨（　　　　　　　　　　　　　）と体の調子を悪くします。

「おいしい料理を食べながら、ゆっくり酒を飲む」、これが⑩（

　　　　　）です。

日付	／	／	／
得点	／3	／3	／3

問題用紙に何もいんさつされていません。この問題は、ぜんたいとしてどんなないようかを聞く問題です。話の前に質問はありません。まず話を聞いてください。それから、質問とせんたくしを聞いて、1から4の中から、最もよいものを一つえらんでください。

13 ばん ^{CD} B - 20　　〔　1　2　3　4　〕

CDを聞いて（　　）に書きなさい。

聞き取り
ヒント

M：昨日の夜から降り続いている雨は①（　　　　　　　　　）、明日は

②（　　　　　　　　　）でしょう。③（　　　　　　）、この天気も

④（　　　　　　　　　）、明後日の午後からは⑤（　　　　　　　　）

でしょう。週末は気温が下がると予想されますので、⑥（

　　　　　　　　　）。

14 ばん  〔 1 2 3 4 〕

CDを聞いて（　　）に書きなさい。

聞き取り
ヒント

F：山本さん、ヨーロッパ旅行、どうだった？

M：①（　　　　　　　　　　）。旅行会社のツアーで、10人でいっしょに行っ
　たんだけどね。

F：感じのよくない人がいたの？

M：いや、みんな②（　　　　　　　　　　　　）よ。年齢も仕事もいろいろ
　だったけど、家族みたいに③（　　　　　　　　　）旅行したよ。

F：じゃあ、問題ないじゃない。

M：いや、それが問題なんだよ。家族みたいにぼくのことを④（
　　　　　　）んだ。

F：え、どういうこと？

M：空港で参加者が集まったときに名簿が配られたんだけど、⑤（
　　　　　　　　）、誕生日とか趣味とか、仕事とか、いろいろ書いてあ
　るんだ。

F：でも、それは山本さんが教えたからでしょ？

M：確かに旅行の申し込みのあとにアンケートですって言われて書いたけ
　ど、まさかみんなに⑥（　　　　　　　　　　　　　）よ。何のことわりも
　なしに配るなんて。

F：そうやってみんなに配るためにアンケートをするって書いてあったは
　ずよ。

M：ただ書いておくだけじゃ気がつかない人だっているだろう？　第一、
　旅行するのにどうしてそんな個人的なことが⑦（　　　　　　　　　）。
　ぼくには理解できないね。

F：みんなが楽しく旅行できるように、旅行会社の人が考えたんだと思う
　けどな。

CDを聞いて（　　）に書きなさい。

M：こちらをご覧ください。新しい商品の「カラフルバランス」でござい

ます。毎日の生活を変えずにやせたいという主婦の皆様に喜んでいた

だけると思います。①（　　　　　　　　　）いつも通り②（

　　　　　　）だけで、足も腰もすっきりします。③（　　　　　　）

をご覧ください。少し④（　　　　　　　　　　）ね。最初は

⑤（　　　　　　　　）と思われるかもしれませんが、⑥（

　　　　）足のうらにぴったりついてくるので、とても楽に、気持

ちよく歩けます。いつも通り⑦（　　　　　　　　　）だけでできる

⑧（　　　　　　　）、いかがですか。色は全部で10色です。お好

きな色をお選びください。

第6回

概要理解

問題用紙に何もいんさつされていません。この問題は、ぜんたいとしてどんなないようかを聞く問題です。話の前に質問はありません。まず話を聞いてください。それから、質問とせんたくしを聞いて、1から4の中から、最もよいものを一つえらんでください。

16 ばん CD B-23　　〔 1　2　3　4 〕

CDを聞いて（　）に書きなさい。　　　聞き取りヒント

F：みなさんも知っていると思いますが、私の授業では試験は行いません。①（　　　　　　　　　）成績をつけます。ただし、インターネットで見つけた文章を②（　　　　　　　）、そのままレポートに使う学生も多いようですが、そんなレポートは③（　　　　　　　）。こう言っても、④（　　　　　　　　　）わからなければだいじょうぶだと思っている人はいませんか。実は、⑤（　　　　　）のですよ。なぜかというと、いつも何人もの学生が⑥（　　　　　　　　　）を出すからです。同じところから文章を⑦（　　　　　　　）、同じレポートになりますね。私はみなさんが私の授業で⑧（　　　　　　　　　）を知りたいのです。いいですか。まず、ちゃんと授業を受けること。そして、よく⑨（　　　　　　　）。考えない人は学生とは言えませんよ。

CDを聞いて（　　）に書きなさい。

F：うわー、きれい。①（　　　　　　　　　）と町中が見られて、いいわ

ね。

M：ほら、②（　　　　　　　）が今日泊まるホテルだよ。

F：へえ。③（　　　　　）建物ね。④（　　　　　　　）とどっちが高いか

な。

M：それはもちろん⑤（　　　　　　　）よ。日本一高いビルなんだから。

F：ホテル、⑥（　　　　　　　　　　）だったらいいなあ。ながめがいい

から。

M：だいじょうぶ。あのビルは⑦（　　　　　　　　　　　　）がホテル

なんだ。

F：じゃあ、景色は絶対だいじょうぶね。

M：そう。⑧（　　　　　　）にはレストランもあるから、⑨（

　　　　　　　　　　）。

F：へえ。楽しみね。早く行きましょう。⑩（　　　　　　　　　）はあっ

ちよ。

18 ばん CD B - 25 　　　〔 1 2 3 4 〕

CDを聞いて（　　）に書きなさい。

聞き取り
ヒント

F：みなさんにお知らせします。来月は毎週水曜日の午後、① （

　　　　　　　　　　　）。研修は、４つのグループに分かれて行います。今、

② （　　　　　　　　　　　）をメールで送りましたので、自分のグループ

と研修の時間と場所を③ （　　　　　　　　　　　）ください。もし参加

できなくなった場合は、田中さんか私にメールで連絡してください。

研修の内容は④ （　　　　　　　　　　　）のに知らなければいけな

いことばかりです。第一回目は⑤ （　　　　　　　　）について研修

する予定です。みなさんは⑥ （　　　　　　　　　）ですから、先輩

が電話をかけたり、受けたりしているときにどんな話し方をしている

かよく聞いておいてください。

日付	／	／	／
得点	／3	／3	／3

問題用紙に何もいんさつされていません。この問題は、ぜんたいとしてどんなないようかを聞く問題です。話の前に質問はありません。まず話を聞いてください。それから、質問とせんたくしを聞いて、1から4の中から、最もよいものを一つえらんでください。

19 ばん CD B-26　　　〔　1　2　3　4　〕

CDを聞いて（　）に書きなさい。

聞き取り
ヒント

M：この①（　　　　　　　　　　　　　）の今年の第1位は、やはり夏に来

た②（　　　　　　　　　）でした。ここ10年の中ではもっとも大き

い台風で、多くの方が亡くなりました。次に多かったのが、オリンピ

ックでの③（　　　　　　　　　　　）です。マラソン、サッカーなどで

④（　　　　　　　）すばらしい成績を残しました。第3位は世界でい

ちばん計算が速いスーパーコンピューターが⑤（

　　　　　　）ことです。我が国の技術の高さを⑥（　　　　　　　　　）

ことができて、うれしいという意見でした。今年は⑦（

　　　　　　　　　　）が多かったのですが、その暗い気持ちを元気にする

⑧（　　　　　　　　　）が人々の心に⑨（　　　　　　　　　　）と言え

ます。

課題理解　ポイント理解　概要理解　発話表現　即時応答

20 ばん CD B-27　　〔 1　2　3　4 〕

CDを聞いて（　　）に書きなさい。

聞き取り
ヒント

M：テニスなんて①（　　　　　　　　）……。学生のとき以来だよ。さあ、

②（　　　　　　　　）。

F：③（　　　　　　　）。④（　　　　　　　　　）、けがをしやすいし、体

によくないよ。

M：だいじょうぶだよ。早くやろうよ。

F：だめだめ。はい、やって。⑤（　　　　　　　　）軽く体を動かすといい

のよ。体温が上がって、体がやわらかくなるから。そうすると、けが

も少なくなるのよ。次は、⑥（　　　　　　　　　　）。⑦（

　　）。けがをしたスポーツ選手が⑧（　　　　　　　　　　　）

ときの方法よ。

M：なるほど……。⑨（　　　　　　　　　）体も温まってくるね。

F：スポーツが⑩（　　　　　　　　）10分くらいこうやって⑪（

　　　　　）といいのよ。次の日に体が痛くならないように。

M：ふうん。わかった。じゃあ、そろそろ⑫（　　　　　　　　）！

CDを聞いて（　　）に書きなさい。

聞き取り
ヒント

F：仕事で失敗をすることはだれにでもあります。私は、①（

）どうするかが大切だと思います。まず、失敗して迷惑をかけ

た②（　　　　　　　　　）ことが大切です。そして、二度と③（

）ようにするにはどうしたらいいか④（　　　　　　　）

ことです。失敗したことを反省してしっかりと⑤（　　　　　　　　）、

まわりの人もそれを⑥（　　　　　　　　）はずです。そのあとは、

失敗したことを⑦（　　　　　　　）ください。失敗を⑧（

）と考えれば、その後の仕事に⑨（　　　　　　　）

ことができるでしょう。

第8回
概要理解

問題用紙に何もいんさつされていません。この問題は、ぜんたいとしてどんなないようかを聞く問題です。話の前に質問はありません。まず話を聞いてください。それから、質問とせんたくしを聞いて、1から4の中から、最もよいものを一つえらんでください。

22 ばん CD B-29　　〔 1　2　3　4 〕

CDを聞いて（　）に書きなさい。

聞き取りヒント

M：みなさん、消費税を知っていますね。買い物をしたときに払う税金です。今、政府はこの消費税を①（　　　　　　）と言っています。しかし、消費税を上げることに反対している人は賛成の人の②（

　　　　）。みなさんはどうですか。私は、税金を上げることは私たちの生活をよくするために③（　　　　　　　　）と思っています。しかし、④（　　　　　　）がこんなに多くては、上げることはできません。政府は、税金を増やしたら生活がどのようによくなるのか、それをしっかり⑤（　　　　　　　　）べきです。消費税を上げる目的が理解できれば⑥（　　　　　　　　）でしょう。

CDを聞いて（　　）に書きなさい。

F：これがいいわ。① （　　　　　　　　　　　　　　　 ）し。ね、どう？

M：ちょっと② （　　　　　　　　　　 ）んじゃない？

F：うん。最近のはみんなこれくらい細いのよ。

M：そうかあ。でも、細くて③ （　　　　　　 ）けど、④ （

　　　　　　）。危なくないのかな。

F：だいじょうぶ。これにしよう。

M：⑤ （　　　　　　　　　　　　　　 ）はいらないの？

F：うん。必要ならあとでつけるわ。

24 ばん  CD B-31 　〔 1　2　3　4 〕

CDを聞いて（　　）に書きなさい。　聞き取りヒント

F：先生、将来海外で仕事をしたいと思っている若者も多いと思います

　　が、海外で仕事をするときに大切なことはどんなことでしょうか。

M：そうですね。今までは、「世界で仕事ができる人は、① （

　　　　　　　　　　　　）」と言われてきました。しかし、実際に② （

　　　　　　　　　　　　）場合は、英語ができるだけではうまくいきません。

　③ （　　　　　　　　　　　　　　）が必要です。その国の言葉で話せば、

　④ （　　　　　　　　　　　　　　）を引き出すことができるからです。そ

　のため、多くの会社が英語だけでなく⑤ （　　　　　　　　　　）社

　員を求めるようになりました。みなさん、これからは、自分の国の言

　葉、英語、そして、⑥ （　　　　　　　　　　　　　　）が必要です。

日付	／	／	／
得点	／3	／3	／3

問題用紙に何もいんさつされていません。この問題は、ぜんたいとしてどんなないようかを聞く問題です。話の前に質問はありません。まず話を聞いてください。それから、質問とせんたくしを聞いて、1から4の中から、最もよいものを一つえらんでください。

25 ばん  B - 32　　　〔　1　2　3　4　〕

CDを聞いて（　）に書きなさい。

聞き取り
ヒント

F：いやあ、すばらしい成績で勝ちましたね。優勝、おめでとうございます。キャプテンとして、いかがですか。

M：ありがとうございます。新しい監督に替わって、①（

　　　）をしてきましたし、海外から戻ってきた選手もすぐにその

練習に慣れて②（　　　　　　　　　　）。体調の悪い選手も

③（　　　　　　　）。まあ、いい条件がそろったから④（

　　　　）でしょう。⑤（　　　　　　　　　　　　）、

先に女子チームが優勝したので、「おれたちも優勝するぞ。」という

⑥（　　　　　　　　　　　　　　）んです。それが大き

いと感じています。

課題理解
ポイント理解
概要理解
発話表現
即時応答

26 ばん  CD B - 33 〔 1 2 3 4 〕

CDを聞いて（　）に書きなさい。

聞き取り
ヒント

M（上司）：田中君、だめじゃないか。ここの①（　　　　　　　　　）

よ。ちゃんと②（　　　　　　　　　）んじゃないか。

F（田中）：はい。申し訳ありません。

M：どうして、君はいつも③（　　　　　　　　　）んだ。④（　　　　

　　　　　）があったり、⑤（　　　　　　　　　）があったりした

ら、私や山口君に⑥（　　　　　　　　　）と困るよ。結局、大変なこ

とになるんだから。

F：はい。

CDを聞いて（　）に書きなさい。

聞き取り
ヒント

M：毎日寒いですね。この季節はあまり窓を開けないので、①（

　　　　　）は汚れたままですね。こちらは、今の季節におすすめ

の商品です。このボタンを押すだけで、お部屋の空気の中のほこりな

どの汚れを取って、②（　　　　　　　　）してくれるんです。窓を

③（　　　　　　　　）ので、お部屋は暖かいまま。④（

　　　　）効果もあるので、⑤（　　　　　　　　）うちにもおす

すめです。そして、なんと⑥（　　　　）が一日約3円！　これなら

一日中つけていても⑦（　　　　　　）ね。ご注文はお電話で。電話

番号はこちらです！　ご注文、お待ちしています。

第10回
概要理解

日付	／	／	／
得点	／3	／3	／3

問題用紙に何もいんさつされていません。この問題は、ぜんたいとしてどんなないようかを聞く問題です。話の前に質問はありません。まず話を聞いてください。それから、質問とせんたくしを聞いて、1から4の中から、最もよいものを一つえらんでください。

28 ばん  B - 35　　　〔　1　　2　　3　　4　〕

CDを聞いて（　　）に書きなさい。

聞き取りヒント

F：ゲームセンターと言えば若者が集まる場所ですが、最近①（

　　　　）も見られるようになってきました。お年寄りに②（

　　　　）ゲームは、同じ絵のカードをそろえる「スロットマシー

ン」や、動物の人形をハンマーでたたく「もぐらたたき」などだそう

です。③（　　　　　　　　）ことによってお年寄りの④（

　　　　）という調査結果もあります。⑤（

　　　　　　　）ゲームセンターを利用するお年寄りはこ

れから⑥（　　　　　　）です。

課題理解　ポイント理解　概要理解　発話表現　即時応答

〔　1　2　3　4　〕

CDを聞いて（　　）に書きなさい。

聞き取り
ヒント

M：もしもし、おはよう。中村だけど。

F：①（　　　　　　　　）、おはようございます。

M：②（　　　　　　　　　　　）、ちょっと③（　　　　　　　　　　）。

F：あ、電車の事故ですか。

M：いや、ちょっと④（　　　　　　　　　）。今、⑤（

　　　　　　　　）ところなんだ。

F：そうなんですか。

M：⑥（　　　　　　　　　　　　　）なんで、どうしても⑦（

　　　　　　　　　）。それで、申し訳ないんだけど、9時半からの

⑧（　　　　　　　　　　　　　）してもらいたいんだ。

F：はい、わかりました。

M：悪いけど、ほかの人たちにも⑨（　　　　　　　　）もらえないかな。

F：はい、お伝えします。

M：じゃ、よろしく頼むよ。

30 ばん CD B-37 　〔 1 2 3 4 〕

CDを聞いて（　　）に書きなさい。

M：よう、みんな、練習、①（　　　　　　　　）？

F：あ、②（　　　　　）、こんにちは。③（　　　　　　　　）。どうぞ、こちらへ。

M：いや、すぐ帰るから。ちょっと図書館に本を返しに来たんだけど、掲示板に④（　　　　　　　　　　）があったから……。

F：はい。⑤（　　　　　　　）なんです。

M：じゃあ、今は最後の仕上げだね。がんばれよ。

F：はい。先輩は、忙しいんですか。

M：ああ、文学部は⑥（　　　　　　　）論文を書かされるからね。

F：私もサークルに⑦（　　　　　　　）のはやっぱり⑧（　　　　　　　　　　　　　）。

M：うん、ぼくももう一度君たちと⑨（　　　　　　　　　　）よ。

日付	／	／	／
得点	／4	／4	／4

えを見ながら質問を聞いてください。やじるし（➡）の人は何と言いますか。1から3の中から、最もよいものを一つえらんでください。

1ばん CD B-39 〔 1 2 3 〕

2ばん CD B-40 〔 1 2 3 〕

3ばん ^{CD}B-41　　〔　1　2　3　〕

4ばん ^{CD}B-42　　〔　1　2　3　〕

えを見ながら質問を聞いてください。やじるし（➡）の人は何と言いますか。1から
3の中から、最もよいものを一つえらんでください。

5ばん　CD B-43　　〔　1　2　3　〕

6ばん　CD B-44　　〔　1　2　3　〕

7ばん CD B-45　〔　1　2　3　〕

8ばん CD B-46　〔　1　2　3　〕

日付	／	／	／
得点	／4	／4	／4

えを見ながら質問を聞いてください。やじるし（➡）の人は何と言いますか。1から
3の中から、最もよいものを一つえらんでください。

9ばん CD B-47 〔 1 2 3 〕

10ばん CD B-48 〔 1 2 3 〕

11 ばん CD B - 49　　　〔　1　2　3　〕

12 ばん CD B - 50　　　〔　1　2　3　〕

日付	／	／	／
得点	／9	／9	／9

問題用紙に何もいんさつされていません。まず文を聞いてください。それから、その
へんじを聞いて、1から3の中から、最もよいものを一つえらんでください。

1番 CD B-52 〔 1　2　3 〕

2番 CD B-53 〔 1　2　3 〕

3番 CD B-54 〔 1　2　3 〕

4番 CD B-55 〔 1　2　3 〕

5番 CD B-56 〔 1　2　3 〕

6番 CD B-57 〔 1　2　3 〕

7番 CD B-58 〔 1　2　3 〕

8番 CD B-59 〔 1　2　3 〕

9番 CD B-60 〔 1　2　3 〕

日付	／	／	／
得点	／9	／9	／9

第2回
即時応答

問題用紙に何もいんさつされていません。まず文を聞いてください。それから、その
へんじを聞いて、1から3の中から、最もよいものを一つえらんでください。

10番　CD B-61　〔　1　2　3　〕

11番　CD B-62　〔　1　2　3　〕

12番　CD B-63　〔　1　2　3　〕

13番　CD B-64　〔　1　2　3　〕

14番　CD B-65　〔　1　2　3　〕

15番　CD B-66　〔　1　2　3　〕

16番　CD B-67　〔　1　2　3　〕

17番　CD B-68　〔　1　2　3　〕

18番　CD B-69　〔　1　2　3　〕

課題理解　ポイント理解　概要理解　発話表現　即時応答

問題用紙に何もいんさつされていません。まず文を聞いてください。それから、その
へんじを聞いて、1から3の中から、最もよいものを一つえらんでください。

19番 CD B-70 〔 1 2 3 〕

20番 CD B-71 〔 1 2 3 〕

21番 CD B-72 〔 1 2 3 〕

22番 CD B-73 〔 1 2 3 〕

23番 CD B-74 〔 1 2 3 〕

24番 CD B-75 〔 1 2 3 〕

25番 CD B-76 〔 1 2 3 〕

26番 CD B-77 〔 1 2 3 〕

27番 CD B-78 〔 1 2 3 〕

第4回

即時応答

日付	／	／	／
得点	／9	／9	／9

問題用紙に何もいんさつされていません。まず文を聞いてください。それから、そのへんじを聞いて、1から3の中から、最もよいものを一つえらんでください。

28番 CD B-79　　〔 1　2　3 〕

29番 CD B-80　　〔 1　2　3 〕

30番 CD B-81　　〔 1　2　3 〕

31番 CD B-82　　〔 1　2　3 〕

32番 CD B-83　　〔 1　2　3 〕

33番 CD B-84　　〔 1　2　3 〕

34番 CD B-85　　〔 1　2　3 〕

35番 CD B-86　　〔 1　2　3 〕

36番 CD B-87　　〔 1　2　3 〕

課題理解　ポイント理解　概要理解　発話表現　即時応答

問題用紙に何もいんさつされていません。まず文を聞いてください。それから、その
へんじを聞いて、1 から 3 の中から、最もよいものを一つえらんでください。

37 番　CD B - 88　〔　1　2　3　〕

38 番　CD B - 89　〔　1　2　3　〕

39 番　CD B - 90　〔　1　2　3　〕

40 番　CD B - 91　〔　1　2　3　〕

41 番　CD B - 92　〔　1　2　3　〕

42 番　CD B - 93　〔　1　2　3　〕

43 番　CD B - 94　〔　1　2　3　〕

44 番　CD B - 95　〔　1　2　3　〕

45 番　CD B - 96　〔　1　2　3　〕

読　解 【Reading】

第1回

内容理解 短文

つぎの文章を読んで、質問に答えなさい。答えは、1・2・3・4から最もよいものを一つえらびなさい。

1番

　ここは古くから人々に愛されてきた桜の名所です。7世紀ごろに、この山の神社に来る人々によって桜の木が植えられ、それからずっと神の木として大切に守られてきました。春になると山が三万本の桜の花でいっぱいになる美しさは、言葉では表すことができきません。また、花のさく時期に差があるのが、ここの桜の特徴です。毎年4月はじめごろに山の下から順番にさき始め、4月半ばに最も美しい時期になります。一番高いところの花が満開になる20日過ぎには、山の下のほうの木は、もうすっかり花が散って、葉だけになっています。

問　ここの桜について正しいものはどれか。
　　1　山全体の桜が一度にさく。
　　2　4月20日ごろ桜の花は全部散ってしまう。
　　3　桜の花が見られる期間が長い。
　　4　花がさく時期がはっきりわからない。

解き方のヒント

文章を読んで、（　　　）にことばを書いてください。

①この山の桜の花は（　　　　　　　）が同じではない。

②4月のはじめに（　　　　　　）の桜がさき始める。

③山が一番きれいになる時期は（　　　　　　　）だ。

④山の（　　　　　　　　　）の桜の花が満開になるのは4月20日過ぎだ。

　そのころには山の（　　　）のほうの桜の花は散って葉になる。

2番

　私が結婚したばかりのころの話である。仕事の後で同僚と飲みに行ったが、遅くなり、帰りの電車がなくなってしまった。しかたなくタクシーに乗って帰ることにした。行き先を言うと、運転手は私が急いでいると見たのか「高速道路で行きましょうか。」と聞いた。かなり酔っていた私はよく考えずに「そうしてくれ。」と答えた。いつの間にかタクシーの中で寝てしまったようで、気がつくと家の中にいて、目の前に怒った妻の顔があった。妻が払ったタクシー料金は、長距離のうえに高速道路代まで加わって、とんでもない額だったらしい。妻はその後も「安月給なのに……」と文句を言い続けた。

問　この文章を書いた人の妻が怒ったのはどうしてか。
　　1　高いタクシー料金を払ったから
　　2　同僚とお酒を飲みに行ったから
　　3　タクシーの中で寝てしまったから
　　4　給料が安いから

文章を読んで、（　　　）にことばを書いてください。　　解き方のヒント

①私は同僚と飲みに行って遅くなり、（　　　　　　　　　　）で帰った。

②タクシーの運転手は（　　　　　　　　　）を利用した。

③タクシーの中で（　　　　　　　　　　）。

④気がついたら家の中にいて、妻が（　　　　　　　　　）。

⑤（　　　　）がタクシーの料金を払った。

⑥タクシーの料金はとても（　　　　　　　　）。

⑦妻は、「（　　　　　　　　　）なのに……」と文句を言い続けた。

3番

帰りが遅い時は気をつけましょう

　最近市内で、夜遅い時間に歩いて帰る女性がかばんをとられるという事件が増えています。犯人は車ではなくて、自転車に乗ってとっていくことが多いようです。かばんを肩にかけるときは、後ろから来た自転車にとられにくいように、車道側ではないほうの肩にかけましょう。家のかぎや携帯電話はかばんの中に入れておかないことも大切です。銀行のカードをとられてしまった場合は、すぐに銀行に連絡してください。できるだけ、遅い時間に一人で歩かないようにしましょう。

問　かばんをとられないようにするには、どうすればいいと言っているか。

1　かばんを肩にかけてはいけない。

2　車ではなくて自転車に乗ったほうがいい。

3　家のかぎや携帯電話をかばんの中に入れない。

4　かばんを車道と反対のほうの肩にかける。

文章を読んで、（　　　）にことばを書いてください。　解き方のヒント

①夜遅い時間に（　　　　　）帰る女性が（　　　　　　　　　　）という事件が増えている。

②犯人は（　　　　　）に乗っていることが多い。

③かばんを肩にかけるときは（　　　　　　　　）ほうの肩にかけたほうがいい。

4番

山田一郎先生

　先日は突然おうかがいしたにもかかわらず、お時間を作っていただき、その上お食事までごちそうになり、ありがとうございました。

　先生に話を聞いていただき、心の中の不安が消えました。改めて自分の目標を確認することもできました。もう一度目標に向かって努力していこうと思います。よい結果をご報告できるようにがんばります。

　ご連絡もしないで訪問した私に、おいしいお食事を用意してくださった奥様にどうぞよろしくお伝えください。

2月10日

リュウ・チャン

問　この手紙で一番伝えたいことは何か。

1　食事をごちそうしてもらったことのお礼

2　話を聞いてもらったことのお礼

3　よい結果が報告できたことのお礼

4　先生の奥様が食事を用意してくれたことのお礼

文章を読んで、（　　　　）にことばを書いてください。

解き方のヒント

①チャンさんは、（　　　　　　　　　　）ために山田先生の家に行った。

②先生に相談して、不安が（　　　　　）。

③（　　　　　　　　　）が作った料理をごちそうになった。

内容理解 短文

つぎの文章を読んで、質問に答えなさい。答えは、1・2・3・4から最もよいもの
を一つえらびなさい。

1番

　今アメリカで人気が高い女性3人のグループ「wee」が来週、日本にやって来ます。
彼女たちの美しい歌声と踊りは見る人を感動させます。昨年発売されたＣＤは全世界で
1000万枚を売り上げました。来月また新しいＣＤが発売される予定で、その宣伝がこの
来日の主な目的です。来月から半年かけてアメリカ各地でコンサートを行う予定ですが、
その前にしっかり宣伝しておこうということのようです。コンサート前の忙しい時期で
すが、彼女たちは、空いた時間に観光や買い物を楽しみたいと言っているそうです。

　日本にいるのは1週間と短いのですが、テレビ番組にも出演する予定です。

問　「wee」が日本に来る目的は何か。

　　1　ＣＤの販売

　　2　コンサートの宣伝

　　3　ＣＤの宣伝

　　4　観光と買い物

文章を読んで、（　　　）にことばを書いてください。　解き方のヒント

①来月また新しい（　　　）が発売される。

②来月からアメリカ各地で（　　　　　）を行う。

③日本に来る目的は（　　　　　　）ことだ。

④彼女たちは、（　　　　　　　）に観光や買い物を楽しみたいと言っている。

⑤日本にいる間に（　　　　　　）にも出演する予定だ。

2番

　現代の生活は、パソコンや携帯電話、テレビなどの画面を毎日見るために、多くの人が目の疲れを感じていると言います。そういう人たちにすすめたいのが簡単にできる目の体操です。パソコンを使った後や読書をした後に目が疲れるのは、近くの物を見続けることによって、目のまわりの緊張が続くからです。このようなときは、目を閉じたり開いたり、また瞳 (注1) を上下左右に動かす体操を2〜3回くりかえしてみましょう。目のまわりの筋肉 (注2) がやわらかくなって、疲れがかなりとれるでしょう。

(注1) 瞳：目の中の黒い部分
(注2) 筋肉：体を動かすときに使う部分

問　目の疲れをとるのに必要なことは何か。

　　1　近くにある物を見続ける。

　　2　目の筋肉を強くする。

　　3　目を使う前に体操をする。

　　4　目のまわりの緊張をとる。

文章を読んで、（　　　）にことばを書いてください。　　解き方のヒント

①現代の生活では（　　　　　　　　）を感じている人が多い。

②近くの物を見続けると、目のまわりの（　　　　　　）が続く。

③目を（　　　　　）開いたり、瞳を上下左右に（　　　　　　）体操をしたりすると、目のまわりの筋肉が（　　　　　　　　　）、疲れがとれる。

3番

　「旅は人を大きくする」と言います。旅は私にいつも新しい発見をくれます。美しい景色、人との出会い、おいしい料理……その中には悪いものもあるかもしれません。しかし、いいものも悪いものも、様々なものを見て、聞いて、食べて、感じて、考えることが、人が「大きくなる」ということなのでしょう。旅に出るといつも、戻るときの荷物のほうが重く感じます。それはきっと「大きくなった」私の、経験の重さだろうと思っています。

問　「旅は人を大きくする」とあるが、どのようなことか。

　　1　旅をするといろいろなものを食べて体が大きくなる。

　　2　旅をするといい発見だけではなく悪い発見も増える。

　　3　旅をすると帰りはいろいろ荷物が増えて重くなる。

　　4　旅をするといろいろな経験をすることができる。

文章を読んで、（　　　　）にことばを書いてください。　　解き方のヒント

①旅に出ると新しい（　　　　）がある。

②様々なものを見て、聞いて、食べて、（　　　　）、（　　　　）ことが、人が「大きくなる」ということだ。

③旅行に出かけるときより、（　　　　）ときのほうが、荷物が重く感じる。それは、旅の間にした（　　　　）の重さだろう。

4番

カセットボンベの正しい捨て方

　バーベキュー用のカセットボンベをごみとして捨てるときは、ごみ収集車やごみ処理場で事故が起きないように、中身を使い切ってから、穴を開けて、資源ごみの日に缶として出してください。

　穴が開けられない場合は、中が見える袋に入れて、特別ごみの日に危険物として、ほかのごみと分けて出してください。ごみ処理場に直接持ち込むこともできます。その場合も、同じように袋に入れて、危険物だとわかるようにしてください。

　どの方法で出す場合も無料です。

問い合わせ　ごみ処理センター

☎　　(98)　××□□
Fax　(98)　××○○

問　この文の内容について、正しいものはどれか。
　1　穴を開けて、袋に入れなければ捨てることができない。
　2　穴を開けないで処理場に持っていくときは中が見える袋に入れる。
　3　ごみ処理場に持っていけば穴を開けてくれる。
　4　ごみ処理場に持っていかないと無料にならない。

文章を読んで、（　　　　）にことばを書いてください。　　解き方のヒント

①カセットボンベを捨てるときは、中身を（　　　　　　）から、（　　　　　　　　）、
　資源ごみの日に缶として出す。

②穴を開けられない場合は、（　　　　　　　　　）に入れて、特別ごみの日に出す。

③（　　　　　　　　）に持ち込むこともできる。その場合は、（　　　　　　　　　）
　に入れて危険物だとわかるようにする。

④どの方法も（　　　　）だ。

内容理解 短文　内容理解 中文　内容理解 長文　情報検索

つぎの文章を読んで、質問に答えなさい。答えは、1・2・3・4から最もよいもの
を一つえらびなさい。

1番

　先日、仕事の帰りにバスに乗ったときのことだ。私のとなりの席に10歳ぐらいの女
の子が座っていた。彼女は途中から乗ってきた50代ぐらいの女性を見ると、「どうぞ」
と言って席を立った。すると、その女性は少し怒ったような顔で、「いいわよ」と言っ
た。「自分はまだそんな年ではないのだから年寄り扱いをしないでほしい」と思って、いい気
持ちがしなかったのかもしれない。けれども、女の子にはその女性が十分年寄りに見え
たのだろう。そして、「お年寄りや体の不自由な人がいたら、席を譲りなさい」と教え
られているのをちゃんと守って立ったのだろう。女性は、それを理解して「ありがとう」
と言って座ればよかったのに。私は、女の子ががっかりしているのではないかと気にな
って、「雨が降ってきたね。傘、持ってる？」と声をかけた。すると、彼女は「はい」と
にっこり笑ってバスを降り、走って行った。私は少し安心した。

問1　この文章を書いた人は、女性がしたことについてどう思ったか。

　　　1　「ありがとう」と言ったのはよかった。

　　　2　「いいわよ」と言った理由が理解できない。

　　　3　女性が座ったので安心した。

　　　4　女性が座らなかったのは残念だ。

問2　この文章を書いた人は、女の子がしたことについてどう思ったか。

　　　1　女性を年寄りだと思ったのはよくなかった。

　　　2　女性に席を譲ろうとしたことはよかった。

　　　3　女性をいやな気分にしたのはよくなかった。

　　　4　女性に笑って答えたのはよかった。

問3　少し安心したとあるが、それはどうしてだと考えられるか。

　　　1　女の子ががっかりしていないようだったから

　　　2　女の子がバスを降りたから

　　　3　女の子が傘を持っていたから

　　　4　女の子が教えられたことを守ったから

2番

　スーパーのレジで「ノー・レジ袋カード」というカードを見ることがある。自分の買い物袋を持っている客はお金を払う前に、このカードを自分のかごに入れておく。カードを見た店員は、この客にはレジ袋を渡さなくていいとわかる。客と店員が「レジ袋は要りませんよ」「はい、ご協力ありがとうございます」というような会話をしないですむ。便利だからと、レジにこのカードをおくスーパーが増えているようだ。これについて、ある新聞に「私はノー・レジ袋カードを使いたくない」という投書 (注) があった。投書をした人は、「ことばで直接伝えるのは簡単なことなのに、なぜカードを使うのかわからない」と言っている。そして、「カードのせいで人と人のコミュニケーションの機会が減ってしまうのは残念だ」と書いている。

　しかし、私は、このカードの使用が特に残念なことだとは思わない。レジ袋が要るか要らないかを言葉で伝えるのは、たしかに簡単だ。簡単なのは、このやり取りに大した内容がないからだ。それよりも、例えば小さい商店で、どの商品がいいか相談したり、店の人が客に合う品を勧めたりするようなコミュニケーションが、今のスーパーではしたくてもできない。そのことのほうが残念だと私は思う。

（注）投書：一般の人が新聞などに自分の意見などを送ること

問1　「ノー・レジ袋カード」の便利な点はどんなことだと言っているか。

1　会話をしなくても袋が必要ないとわかること

2　会話をしなくてもお金が払えること

3　客と店員の会話が簡単にできること

4　客が店員に言葉で直接伝えられること

問2　投書をした人は、どうして「ノー・レジ袋カード」を使いたくないのか。

1　カードの使い方がわかりにくいから

2　必要なレジ袋がもらえないのは残念だから

3　自分の買い物袋を持っているから

4　店員との会話をなくしたくないから

問3　この文章を書いた人は、店で行われるコミュニケーションについてどのように思っているか。

1　レジで行われるコミュニケーションは簡単なほうがいい。

2　スーパーでは小さい店のようなコミュニケーションが行えないので残念だ。

3　小さい店はコミュニケーションの機会が少ないので残念だ。

4　レジでカードを使わなければコミュニケーションが増えるだろう。

3番

　昔からずっと「青いバラは作ることができない」と言われてきました。バラにはもともと青い色を作る力がありません。それで英語の「blue rose (注)」という言葉には「不可能」という意味があります。

　その①「不可能な花」を作ろうと研究を始めた人たちがいました。その人たちが考えたのは、バラ自身に青い色を作る力がないのだから、②ほかの青い花からその力を借りるという方法です。しかし、どの種類のバラでもいいというわけではありません。たくさんあるバラの種類の中から、ほかの花の力を自分の力に変えられるものを探しました。そのようなバラはなかなか見つかりませんでしたが、研究を始めてから14年後についに見つかったのです。こうして青いバラが生まれました。青いバラの花言葉は「普通では考えられないことが起きる」という意味の③「奇跡」です。

（注）blue rose：青いバラ

問1　①「不可能な花」と言われていたのはどうしてか。

　　1　バラはほかの花の力を使うことができないから

　　2　バラは青い花から力を借りることができないから

　　3　青いバラを作る研究ができないから

　　4　青いバラを作ることはできないと思われていたから

問2　②ほかの青い花からその力を借りるとはどういうことか。

　　1　ほかの種類のバラの力を貸してもらう。

　　2　ほかの花の青い色を作る力を使う。

　　3　青い色を作る力をほかの花に与える。

　　4　青い色を作る力があるほかの花を探す。

問3　青いバラの花言葉が③「奇跡」であるのはどうしてか。

　　1　研究に14年もの長い時間がかかったから

　　2　見つからなかった種類のバラが見つかったから

　　3　できないと考えられていたことができたから

　　4　バラに力を貸すことができる花が見つかったから

つぎの文章を読んで、質問に答えなさい。答えは、1・2・3・4から最もよいもの
を一つえらびなさい。

1番

　最近、ちょっとしたことで怒る子どもが増えている。先日も、いつもはまじめに勉強
していた子が突然友だちをナイフで刺すという事件が起こった。子どもが事件を起こす
たびに、その原因について教育の専門家がいろいろな意見を言う。しかし、①そのよう
な行動の原因の一つが毎日の食事にあるということを忘れてはいけない。例えば、子ど
もたちが好きなジュースや菓子などの甘いものは、とりすぎるといらいらしたり怒りっ
ぽくなったりすることがわかっている。しかし、「何を食べるか」よりもっと大切なの
は、「どのように食べるか」である。今の子どもたちは、一日三回の規則正しい食事がで
きないことが多い。例えば、学校から帰ってラーメンや菓子を食べてから、すぐ塾へ行
って勉強をする。家に戻って遅い時間に食事をして、朝食は食べない。②こんな食事の
し方を続けていると、夜眠れなくなったり、胃腸の調子が悪くなったりして、その結果、
心も不安定になる。食事は、栄養に気を付ければそれでいい、というものではない。成
長期の子どもを持つ親は、彼らの心の健康のために、食事の習慣についてもっと注意す
ることが必要だ。

問1　①<u>そのような行動の原因</u>とあるが、どういうことか。

　　1　なぜまじめに勉強すると怒りっぽくなるのか。

　　2　どうして子どもがすぐ怒るのか。

　　3　どうして教育の専門家が意見を言うのか。

　　4　何のために子どもがナイフを持っているのか。

問2　②<u>こんな食事のし方</u>とあるが、どういうことか。

　　1　塾へ行く前にラーメンや菓子を食べること

　　2　塾から帰った後で食事をすること

　　3　甘いものをとりすぎること

　　4　不規則に食事をすること

問3　この文章で一番言いたいことは何か。

　　1　親は子どもが何を食べるかについて注意するべきだ。

　　2　成長期の子どもをもつ親は食事の栄養に気を付けるべきだ。

　　3　子どもの心の健康のために、規則正しい食事が大切だ。

　　4　子どもの教育には食事の習慣が大切だ。

2番

　私にとって音楽は空気や水ほどのものではない。それがないと生きていけない、というほど大切なものだとは思わない。けれども、受験勉強に苦しんでいたとき、友人と別れてさびしく思っていたとき、私は①音楽からどれだけ力をもらったことか。そんなときに聞いた曲、歌った歌は今も忘れることができない。

　しかし、ある年、大きな災害(注)が起こって国中の人々が悲しんでいたとき、歌を歌うのはよくない、音楽の演奏はやめるべきだという声があがった。そして、私たちの生活から音楽が消えてしまった。そのとき、私には、世界がいっそう暗くなったように思われた。もとの明るい生活はもう戻ってこないかもしれないと思った。②このように感じた人は私だけではなかったようだ。しばらくすると、「苦しみを乗り越えるために、やっぱり歌おう」という声が大きくなり、人々がまた歌を歌い始めた。歌から生まれる力、音楽の力があらためて注目されたのだ。

(注) 災害：地震や台風など、人々が受ける被害

問1　①音楽からどれだけ力をもらったことかとはどういう意味か。

1　音楽はあまり大きな力をくれなかった。

2　音楽のおかげで元気になった。

3　どれぐらい音楽の力が大きいかよくわからなかった。

4　そのとき聞いた音楽はとても力強い曲だった。

問2　②このように感じたとあるが、どのように感じたのか。

1　音楽がない世界は前よりもっと暗いと感じた。

2　音楽が消えても明るい生活が戻ってくると感じた。

3　災害が起こったときに歌を歌うのはよくないと感じた。

4　もとの明るい生活に早く戻りたいと感じた。

問3　この文章を書いた人は、音楽はどのようなものだと言っているか。

1　水や空気と同じように大切なもの

2　忘れることができないもの

3　人に力を与えるもの

4　人々がいつも注目するもの

3番

　携帯電話によるメールの交換は便利なものですが、良いことばかりではありません。例えば、あなたは毎日、新しいメールが来ていないか、自分が送ったメールの返事は来ているかと、しょっちゅう携帯電話を見てチェックしていませんか。もしそうなら、少し①気を付けたほうがいいでしょう。メール交換のことばかりが気になって、ほかのことには注意が向かなくなっている心配があります。それから、あなたは、最近メールの交換をし始めた人のことを、どれくらい知っていますか。学校や会社でずっと一緒に勉強や仕事をしてきた友だちと同じくらいよく知っているでしょうか。二、三回メールの交換をしただけで、その人とすっかり仲良くなったと思うことがあるかもしれません。②メールによる付き合いの問題点は、少しメールの交換をしただけで互いがよくわかったように思い、良い友だちができたと思ってしまうところです。今はまだただの知り合いなのに、二人の間がとても近くなって良い友だちになったように感じてしまいます。しかし、人間は、そんなにすぐに理解し合うことはできません。相手を簡単に信頼した結果、思いがけないトラブルに巻き込まれる人もいるのです。トラブルを避けるためにも、[　③　]ことが大切です。

問1　①気を付けたほうがいいとあるが、どんなことに気を付けるのか。

　1　新しいメールをチェックすること

　2　メールの交換ばかりを気にすること

　3　メールの返事を送ること

　4　新しい友だちとメールの交換を始めること

問2　②メールによる付き合いの問題点はどんなことだと言っているか。

　1　良い友だちや良い知り合いをつくれないこと

　2　まだよく知らない人に親しみを感じてしまうこと

　3　実際には会わないので相手をよく理解できないこと

　4　一緒に勉強や仕事をしないので親しくなれないこと

問3　[　③　]に入るものはどれか。

　1　良い友だちをたくさん作る

　2　知り合いをたくさんもつ

　3　メール交換のことばかりを考えない

　4　メール交換の危険をよく理解する

内容理解 長文

つぎの文章を読んで、質問に答えなさい。答えは、1・2・3・4から最もよいものを一つえらびなさい。

1番

　言葉は考えを伝えるだけのものではありません。言葉を使って遊ぶことも昔から行われています。言葉を使った遊びを少し紹介してみましょう。

　日本の言葉遊びには「①音を使った遊び」と「言葉の意味を使った遊び」があります。「音を使った遊び」の代表的なものは「しゃれ」です。

　　・らくだ (注1) に乗ると楽だ。

　　・イクラ (注2) はいくら？

　このように短い文の中に「らくだ」（動物）と「楽だ」という同じ音の言葉を入れて作ります。音が似ている言葉を使って作ることもあります。「しゃれ」は昔から日本人に親しまれていますが、それは、日本語には音は同じでも意味が違う言葉がたくさんあるからでしょう。

　つぎのような、音を使った言葉遊びもあります。

　　・留守に何する？（ルスニナニスル）

　　・確かに貸した（タシカニカシタ）

　これは「回文」というもので、前から読んでも後ろから読んでも同じになる文です。とても長い「回文」を考えて楽しむ人もいます。

　「言葉の意味を使った遊び」の一つに「なぞなぞ」があります。

　　・夜の空に大きい音を出してさく花は何？

　　・かたくて食べられないパンは何？

　答えは「花火」、「フライパン」(注3) です。言葉のいろいろな意味を考えて答える遊びです。答えを聞いて「ああ、そうか！　なるほど」と思ったら、それはいい「なぞなぞ」です。

（注1）らくだ：動物

（注2）イクラ：魚（サケ）のたまご。すしによく使われる。

（注3）フライパン：

問1　①<u>音を使った遊び</u>は、どれか。

　1　「しゃれ」

　2　「しゃれ」と「回文」

　3　「回文」と「なぞなぞ」

　4　「しゃれ」と「回文」と「なぞなぞ」

問2　つぎの中で、「しゃれ」はどれか。

　1　「スキー、大好き。」

　2　「遠く鳴く音」

　3　「どんな泥棒でも1年に1回しかとれないものは何？」

　4　「夏まで待つな。」

問3　「回文」について正しいものはどれか。

　1　一つの字を違う音で読まなければならない。

　2　文の中に音が同じか似ている言葉を入れる。

　3　前後どちらから読んでも同じである。

　4　問題文から答えを考えることができる。

問4　この文章で言っていることに合っているものは、どれか。

　1　意味は同じでも音が違う言葉が日本語には多い。

　2　「言葉遊び」は人の考えを伝えるために必要なものだ。

　3　良い「言葉遊び」の文はいつも短い。

　4　言葉には考えを「伝えること」以外の働きもある。

2番

　最近、電車や町の中で、携帯電話などの小さい機械を持って、ゲームをやっている人が多い。歩きながらやっていて人にぶつかってしまうこともある。見ているこちらのほうがこわいと思うが、ゲームをしている人は、①全然気にしていないようだ。

　ある会社では、会社にゲームを持ってきて、②仕事の後でゲームをやっている人たちがいたという。その会社では、まだ帰らないで仕事をしているほかの社員からうるさいと文句が出たために、会社にゲームを持ってきてはいけないことになったそうだ。ゲームをしていた人たちは、「仕事中ではなくて仕事が終わった後なのだから何をしてもいい」と思っていたのだろう。しかし、会社は仕事をするところなのだから仕事に関係のないものを持っていくべきではない。それに、ほかの人の迷惑になるようなことをしてはいけない。③それぐらいのことは、大人なら注意されなくてもわかるはずだ。

　昔と違って、今のゲーム機は小さくて運ぶのに便利になったため、いつでもどこでもできるようになった。だが、そのために時間や場所を考えないでゲームをする人が多くなってしまったのではないか。ゲームをやるやらないは、もちろん個人の自由だ。しかし、ゲームの画面を見る前に、④自分の周りを見てほしい。

内容理解 短文　内容理解 中文　内容理解 長文　情報検索

問1 ①<u>全然気にしていないようだ</u>とあるが、何を気にしていないのか。

　　1　ゲームをやっている人が多いこと

　　2　ゲームの機械が小さいこと

　　3　周りの人に見られていること

　　4　周りの人にぶつかるかもしれないこと

問2　この文章を書いた人は、②<u>仕事の後でゲームをやっている人たち</u>をどのような人

たちだと思っているか。

　　1　仕事をしないでゲームで遊んでばかりいる人たち

　　2　会社にゲームの機械を持って行ってはいけないことを知らなかった人たち

　　3　会社でしてはいけないことがわからない人たち

　　4　仕事をちゃんとやっているのに注意されてしまった人たち

問3　③<u>それぐらいのことは、大人なら注意されなくてもわかるはずだ</u>とあるが、これ

はどういうことか。

　　1　大人だから自分で間違いに気がつくまで待ったほうがいい。

　　2　子どもはわからないかもしれないが、大人はわかっていなければいけない。

　　3　子どもでもわかることだから、大人が大人に注意することはよくない。

　　4　大人が簡単に理解できることでも、子どもにはわからない場合がある。

問4　④<u>自分の周りを見てほしい</u>とあるが、「自分の周りを見る」とはどういうことか。

　　1　時間や場所を考えないでゲームをする人がいたら注意する。

　　2　今、ここでゲームをしてもいいかどうかを考える。

　　3　自分のそばでゲームをしている人がいないかどうかを見る。

　　4　ゲームをしている人がほかにもいるかどうかを確かめる。

つぎの文章を読んで、質問に答えなさい。答えは、1・2・3・4から最もよいものを一つえらびなさい。

1番

　「口コミ」とは、何かを食べたり使ったりした感想が、人から人に伝えられることを言います。インターネット (注1) には「口コミサイト」があって、だれでもこのサイト (注2) に感想を書いたり、そこに書かれた情報を読んだりすることができます。例えば、食事に行くとき、この口コミサイトを見て、「おいしかった」などの良い感想が多い店を選べば、①間違いがないはずです。

　このように便利な口コミサイトですから、多くの人に利用されています。口コミサイトには、自分の本当の名前を出さなくても書くことができます。もし、店で食べたものがおいしくなければ、「おいしくなかった。行かないほうがいい。」という感想や悪口なども書くことができます。そのため、本当ではないことを書いてほしいと頼む店が出てきました。つまり、お金を払ってだれかに口コミサイトに「おいしかった」と書いてもらうのです。たくさんの客に来てほしいという気持ちはわかりますが、②この方法は正しいとは言えません。

　今、インターネットに流れる情報の数や種類は増え続けています。情報がどこから来たのか、だれが出したのかがわかる場合もあるし、わからない場合もあります。出した人がわかる場合でも、その情報が本当に正しいかどうかはわかりません。出した人がわからない場合は、ますます信用することができないでしょう。私たちはいつでも、正しい情報を選びたいと思いますが、それは、簡単にできることではないようです。

（注1）インターネット：「internet」
（注2）サイト：インターネットで情報が出ているところ

問1　①<u>間違いがない</u>とあるが、どういうことか。

1　店の場所を間違えない。

2　インターネットの情報は正しい。

3　おいしい料理が食べられる。

4　正しい情報がもらえる。

問2　「口コミサイト」には、例えばどんな良い点があると言っているか。

1　店の人がすすめる料理や商品がわかる。

2　客が料理や商品をどう思ったかがわかる。

3　多くの情報が速く伝えられる。

4　店や商品について質問することができる。

問3　②<u>この方法</u>とあるが、何のための方法か。

1　客に「おいしい料理だ」と言ってもらうための方法

2　だれが書いたかわからないようにするための方法

3　店から金をもらうための方法

4　店に客を集めるための方法

問4　この文章で一番言いたいことは何か。

1　正しい情報を選ぶのは、難しい。

2　店や商品を選ぶとき、口コミサイトをもっと使えばいい。

3　口コミサイトの情報は正しくないので、使わないほうがいい。

4　口コミサイトに感想を書くときは、本当の名前を使うべきだ。

内容理解 短文　内容理解 中文　内容理解 長文　情報検索

2番

　高速道路の発達で輸送(注1)にかかる時間が短くなり、私たちは①どこでも同じような食生活ができるようになった。

　昔は、山奥の村で新鮮な海の魚を食べることはできなかったし、山でとれた野菜や果物を海辺の町で食べることも難しかったが、今は、朝、海でとれた魚を海から離れた山の人々が昼食に食べることもできるし、山の畑でとれた作物をその日のうちに海辺の町に届けることも可能だ。

　しかし、その一方で、遠くから運ばれてくるものより、できるだけその地方で作られたものを食べようという活動もさかんになっている。「地産地消」と呼ばれるこの活動では、②作った人と買う人の結びつきを大切にする。例えば、農業者(注2)が自分の作った野菜を近所の直売所(注3)で売る。そこに来る地元(注4)の人は、「ここでは野菜を作った人の顔を見て、話をすることができます。作った人が安全な野菜だと自信をもって売っていることもわかるので、ここなら③安心して買うことができるんです」と言う。このような人と人の結びつきができると、農業者とほかの産業の人のネットワーク(注5)が生まれ、農業とほかの産業のかかわり(注6)も強くなるだろう。そうなれば、その地方全体の産業が元気になるという考えだ。

　けれども、実際には、地産地消活動の結果がいいことばかりとは言えない。この活動が進みすぎれば、昔のように、海から遠い地方では新鮮な魚を食べることが難しくなる。北の地方でとれるリンゴが南では食べられなくなるかもしれない。それでは困ると言う人もいる。どこでとれたか、だれが作ったかわからなくてもいいから、いろいろなところで作られたものが簡単に手に入るほうがいいと言う人も多い。地産地消に片寄りすぎることがないように、注意が必要だ。

（注1）　輸送：人や物を遠くへ運ぶこと
（注2）　農業者：農業をしている人、米や野菜を作っている人
（注3）　直売所：野菜や果物を、作った人が直接売る場所
（注4）　地元：その人、その人々が住む場所。その地方
（注5）　ネットワーク：network、情報を交換し合う人たちのつながり
（注6）　かかわり：関係、つながり、結びつき

問1　①どこでも同じような食生活ができるとあるが、この例として最も適当なものは、どれか。

1　北でも南でも同じ野菜が作られて、だれでも同じ野菜を食べる。

2　山に住む人も海辺の人もその場所でとれた野菜や果物を食べる。

3　北の海でとれた新鮮な魚をいろいろな地方の人が食べる。

4　朝、海でとれた新鮮な魚をその地方で昼食に食べる。

問2　②作った人と買う人の結びつきを大切にするとあるが、この目的はどんなことか。

1　売られているものを安心して買えるようにすること

2　その地方の農業をさかんにすること

3　顔が見え、話ができるような関係をつくること

4　その地方全体の産業を元気にすること

問3　③安心して買うことができると言っているのは、なぜだと考えられるか。

1　その地方でとれたものがすぐに手に入るから

2　だれが買って食べるかがわかるから

3　作った人から直接買うことができるから

4　地元の野菜は安全だと知っているから

問4　この文章を書いた人は「地産地消」の活動についてどのように考えているか。

1　この活動が進みすぎると、よくないこともある。

2　この活動がますますさかんになるといい。

3　この活動によって各地で作られたものが簡単に手に入るのでいい。

4　この活動の結果がいいことばかりになればいい。

1番

　右のページは、マンションに住んでいる人へのお知らせである。これを読んで、下の質問に答えなさい。答えは、1・2・3・4から最もよいものを一つえらびなさい。

問1　青山さんは、いつまでに申し込み用紙を出さなければならないか。

　　1　3月15日

　　2　3月31日

　　3　4月9日

　　4　4月13日

問2　青山さんの休みは水曜日だが、4月10日と11日は、出張の予定がある。11日の代わりに12日が休みになる。しかし、この日の午前中は歯医者の予約をしたので、午前中は留守だ。青山さんが点検を申し込むことができる日と時間はどれか。

　　1　4月9日の11時から12時までと14時から16時まで

　　2　4月9日と11時から12時までと4月12日の14時から16時まで

　　3　4月12日の11時から12時まで

　　4　4月12日の14時から16時まで

当マンションのみなさまへ　　　　　　　　　　　　3月15日

消火器の点検のお知らせ

　下記のとおり、各部屋の消火器の点検をしますので、よろしくお願いいたします。

点検期間　：　4月9日（月）〜13日（金）

　ご都合のよい日の時間に〇を書いて、今月末日までに管理人室のポストに入れてください。

-------------------------- キ リ ト リ --------------------------

消火器の点検の申し込み

_____号室　　　お名前_____

	11時〜12時	14時〜15時	15時〜16時
4/9　（月）			
4/10（火）			
4/11（水）			
4/12（木）			
4/13（金）			

2番

　右のページは市民センターの案内である。これを読んで、下の質問に答えなさい。答えは、1・2・3・4から最もよいものを一つえらびなさい。

　サリさんは田中さんに日本料理の作り方を習いたいと思っています。いっしょに習いたいという人が15人になりました。田中さんは、4月の前半ならいつでもいいと言っています。場所は、みどり市の市民センターの調理室を借りようと思います。なべなどの調理道具も借りなければなりません。会社で働いている人もいるので、平日の午後6時からにしたいと思っています。

問1　サリさんはいつから申し込みができるか。

　　1　3月1日から

　　2　3月10日から

　　3　4月1日から

　　4　4月10日から

問2　希望に合う部屋を借りるには、サリさんはいくら払わなければならないか。

　　1　1,200円

　　2　1,500円

　　3　1,700円

　　4　1,800円

内容理解 短文　内容理解 中文　内容理解 長文　情報検索

❖ 市民センター　使用のご案内 ❖

◆**使用料** （土・日・祝日は以下の料金の 20 パーセント増しになります）

部屋	定員	午前 (9:00 ～ 12:00)	午後 (1:00 ～ 4:00)	夜間 (5:00 ～ 8:00)
会議室A	30 人	500 円	700 円	900 円
会議室B	50 人	600 円	800 円	1,000 円
調理室A	10 人	400 円	600 円	750 円
調理室B	30 人	600 円	850 円	1,000 円
ホール	200 人	1,350 円	1,800 円	2,150 円
和室	25 人	400 円	500 円	600 円

※調理室を利用し、調理道具も利用する場合は、午前・午後・夜間ごとに 500 円を
お支払いいただきます。

◆**申し込み方法**

　市民センター 2 階受付窓口で利用日の前月の 1 日から申し込めます。

内容理解 短文　内容理解 中文　内容理解 長文　情報検索

情報検索

1番

　右のページは、中山市の施設(しせつ)の案内である。これを読んで、下の質問に答えなさい。答えは、１・２・３・４から最もよいものを一つえらびなさい。

問１　マニさんには５歳(さい)と２歳(さい)の子どもがいる。マニさんは次の休日に奥(おく)さん、子どもとどこかへ出かけたいと考えている。一番安い料金で入ることができるのはどこか。

1　①

2　②

3　③

4　④

問２　電車またはバスを降りてから歩いて10分以内で行けるところで、子どもといっしょに楽しめるところはどこか。

1　①と②

2　①と③

3　③と④

4　①と④

① **中山スタジアム**

サッカーのワールドカップが行われた国内最大のサッカー競技場。試合がない休日は、さまざまなイベントがあり、家族で楽しめる。

🦶北中山駅から徒歩15分
¥入場料　850円
　（6歳以下　無料）

② **中央公園**

大人向けのトレーニング施設。場内には一周2000mのコースがあり、ジョギング、サイクリングができる。

🦶公園前駅から徒歩5分
¥入園料　550円

③ **なかやま動物園**

38,000㎡の広い園内に、ニホンザル、ヒツジなど50種類の動物を見ることができる。

🦶北中山駅から徒歩8分
¥入園料　600円
　（6歳以下4歳まで　半額、
　　　　3歳以下　無料）

④ **なかやま公園**

8つのプールのほか、ミニチュアゴルフや釣り場もあり、家族で一年中楽しむことができる。

🦶森下駅より直通バス「なかやま公園」で下車すぐ
¥入園料　700円
　（小学生400円、6歳以下300円）

2番

　右のページは、車で町内をまわる移動図書館の案内である。これを読んで、下の質問に答えなさい。答えは、1・2・3・4から最もよいものを一つえらびなさい。

問1　山田さんは5月10日に中央図書館で本を借りた。山田さんは川中町に住んでいるので、川中幼稚園か川中駅で本を返したい。なるべく長く借りたいと思っているが、いつ返せばよいか。

1　5月21日

2　5月23日

3　6月4日

4　6月6日

問2　山田さんは今度はじめて移動図書館で本を借りようと思う。何を持っていけばいいか。

1　図書館利用カード

2　図書館利用カードと保険証

3　保険証

4　移動図書館の予定表と保険証

移動図書館 4月〜9月の予定

以下の予定で川中町内をまわります。

場所	時間	日にちと曜日
川中駅（東口）	13：40 〜14：00	4／9・23 5／7・21 6／4・18 7／2・23 8／6・20 9／3・24 ※すべて月曜日です
スポーツセンター	14：30 〜15：30	
川中幼稚園	9：15 〜10：00	4／11・25 5／9・23 6／6・20 7／4・18 8／1・22 9／5・19 ※すべて水曜日です
中央公園	10：35 〜11：20	
ファミリー園	13：15 〜14：00	※4月〜9月は休みます
川中駅（西口）	9：30 〜10：30	4／18 5／2・16・30 6／13・27 7／11・25 8／8・29 9／12・26 ※すべて水曜日です
子どもセンター	13：20 〜13：40	
さくら団地	10：50 〜11：20	

- 本は2週間、7冊まで借りることができます。（中央図書館と同じ）
- 中央図書館で借りた本を返すこともできます。
- 本を借りるには「図書館利用カード」が必要です。（中央図書館と同じカードが使えます）
- 図書館の利用がはじめての方は、保険証など、住所・氏名を確認できるものをお持ちください。その場で「図書館利用カード」をお作りします。

日本語能力試験

N3
聴解・読解

正解・解説

課題理解

第1回

1ばん　正解2

スクリプト

男の人と女の人がバスの時刻表を見て話しています。二人は何時のバスに乗りますか。

F：バスの朝一番は5時27分だけど、明日はそんなに早くなくてもいいよね。

M：えっと、飛行機が9時30分で、1時間前に着いたほうがいいから、8時30分に空港。

F：北町駅から空港までは電車で50分だから、7時半ごろの電車に乗らなくちゃ。

M：ということは、6時台のバスだね。

F：ええ？　早すぎるよ。ここから北町駅まで20分よ。この、7分のバスでいいんじゃない？

M：うーん、でも、バスは遅れることもあるし、切符を買う時間もいるし、もう少し早いほうがいいよ。

F：じゃあ、57分？

M：いや、それより1本早いのにしよう。荷物を持って走るのはいやだからね。

F：えー、じゃあ、5時に起きなくちゃ。大変だ。

二人は、何時のバスに乗りますか。

ポイント

① 「7時半ごろの電車に乗らなくちゃ」→北町駅に7時30分前に着かなければいけない。

② 「6時台のバスだ」→6時02分、20分、44分、57分のバスに乗る。

③ 「7分のバスでいいんじゃない？」→7時7分のバスに乗れば間に合うと思う。

④ 「もう少し早いほうがいいよ」→7時7分より早いバスがいい。

⑤ 「57分？」→6時57分にするか。

⑥ 「それより1本早いのにしよう」→57分の前のバスに乗る。→6時44分のバスに乗る。

⚠

◇ 「乗らなくちゃ」＝「乗らなくてはいけない」
「起きなくちゃ」＝「起きなくてはいけない」

◇ 「7分のバスでいいんじゃない？」＝7分のバスでいいと思う。

◇ 「〜台（代）」：年齢や時間などの範囲を示す言葉。used to show a range of things such as ages or times　表示年齢、時間等範圍的詞語。　例：「20歳台（代）」＝20歳から29歳まで

◇ 「〜本」：交通機関の運行の回数を示す言葉。counter used for the number of transportation services　表示交通工具運行次數的詞語。　例：「5時台のバスは3本しかない」

ことば

「時刻表」 train/bus/ferry etc. timetable　時刻表

2ばん　正解3

スクリプト

教室で先生が学生に話しています。女の学生はこれから何をしなければなりませんか。

M（先生）：では、今返したテストは先週のテストです。今回の最高点は91点。よく勉強しましたね。クラス平均点は72点でした。60点以下の人は再テストを受けてください。

F（学生）：え！　60点以下は再テスト？

M：はい。

F：あー、先生、59点なんですけど、やっぱりもう一度受けなくてはいけませんか。

M：はい。今回のテストは、とても大切なところのテストです。ですから、60点以下の人はしっかり復習をして、再テストを受けてください。いいですね。

F：はーい。

M：では、正しい答えを確認しましょう。まちがえたところを直してください。

F：あのう、先生。再テストはいつですか。

M：ああ、来週、水曜日の授業のあとにします。一週間ありますから、しっかり復習してください。もしわからないことがあったら、質問しに来てください。

女の学生はこれから何をしなければなりませんか。

ポイント

① 「59点なんですけど、やっぱりもう一度受けなくてはいけませんか」「はい」→女の学生はもう一度テストを受ける。

② 「では、正しい答えを確認しましょう。まち

課題理解　ポイント理解　概要理解　発話表現　即時応答

がえたところを直してください」→このあと
すぐまちがえたところを直す。

③「再テストはいつですか」「来週、水曜日の
授業のあとにします」→今はテストはしない。

④「一週間ありますから、しっかり復習してく
ださい」→来週のテストまでの間にテストの
準備をする。

⑤「もしわからないことがあったら、質問しに
来てください」→今これから質問をするので
はない。

ことば

「テストを返す」return tests　發還考卷
「最高点」the top score　最高分數
「平均点」the average score　平均分數
「再〜」re〜　再次
「復習」review　複習
「確認する」confirm　確認

3ばん　正解2

スクリプト

男の人が英会話教室の受付で話しています。男
の人はこのあとどこへ行きますか。

M：あのう、すみません。ビジネス会話クラス
　　に入る田中です。今日が初めてなんですが。
F：はい、田中実さまですね。ありがとうござ
　　います。こちらが教科書です。全部で
　　5,300円です。
M：5,300円！　あ、足りないなあ。あのう、こ
　　の近くに銀行はありますか。
F：はい。このビルの向かいにありますが。
M：じゃあ、ちょっと行ってきます。
F：あ、代金は次のときでけっこうですので、
　　どうぞこの教科書をお持ちください。
M：え、そうですか。すみません。
F：いいえ、どういたしまして。こちらは田中さ
　　まの会員証です。次からはこの会員証をあち
　　らの窓口に出して教室にお入りください。
M：はい。
F：授業は6時からです。教室は2階の205で
　　す。時間がまだありますから、ロビーでコ
　　ーヒーでもいかがですか。
M：じゃあ、そうします。

男の人はこのあとどこへ行きますか。

ポイント

①「代金は次のときでけっこうです」＝代金は
　次に来たときに払えばいいです。→今日は払
　わなくてもいい。→銀行へ行かない。

②「次からはこの会員証をあちらの窓口に出して
　教室にお入りください」→今は窓口に行かない。

③「時間がまだありますから、ロビーでコーヒ
　ーでもいかがですか」「じゃあ、そうします」
　→授業の時間までロビーでコーヒーを飲む。
　→これからロビーへ行く。

ことば

「ビジネス会話」business conversation　商業會話
「向かい」across from　對面
「会員証」membership card/certificate　會員證，會員卡

4ばん　正解1

スクリプト

母親と息子が話しています。息子はまず何をし
ますか。

F（母親）：来週はおじいさんのお誕生日ねえ。
　　　　　今年は何がいいかなあ。
M（息子）：あ、そうだ。電話して、何かほし
　　　　　いものはないか聞いてみようか。
F：電話？　おじいちゃん、答えてくれるかな
　　あ。とりあえず、デパートに行って、見て
　　みない？
M：うーん、デパートに行くのはいいんだけ
　　ど、何も考えないで行ったら、結局時間の
　　むだになるような気がするなあ……。いろ
　　いろあって、迷うから。
F：そうね。じゃあ、駅前のお店は？　小さい
　　お店だけど、いいものがあるし。
M：あ、ねえ、おばあちゃんに聞いてみよう
　　よ。おじいちゃん、最近ほしがってるもの
　　はないかって。
F：そうねえ。でも、それなら、直接聞いたほ
　　うがいいんじゃないの？
M：やっぱりそうだろ？　じゃあ、そうするよ。
　　ちょっと待ってて。今かけるから。

息子はまず何をしますか。

ポイント

① 「今年は何がいいかなあ」→おじいさんのプレゼントを考えている。

② 「電話？ おじいちゃん、答えてくれるかなあ」→おじいさんは電話をしても何がほしいか言わないかもしれない。

③ 「デパートに行くのはいいんだけど、何も考えないで行ったら、結局時間のむだになるような気がするなあ……」→何を買うか考えないでデパートに行っても、いいものは買えない。→何も考えないで行くのはよくない。

④ 「駅前のお店は？」「おばあちゃんに聞いてみようよ」→駅前の店には行かない。おばあさんに聞くのはどうか。

⑤ 「直接聞いたほうがいいんじゃないの？」→おばあさんではなく、おじいさんに聞いたほうがいいと思う。

⑥ 「そうするよ … 今かけるから」→これから息子がおじいさんに電話をかける。

⚠

◇ 「**とりあえず**、デパートに行って、見てみない？」＝（おじいさんのほしいものはわからないけれど）まず先にデパートへ行って、品物をいろいろ見よう。

◇ 「**やっぱりそうだろ？**」＝はじめに（私が）言った通りでしょう？

ことば

「**結局**」 after all　結局，結果

「**迷う**」 get lost, hesitate, waver　猶豫

5ばん　正解1

スクリプト

会社で男の人と女の人が話しています。女の人はこれからだれに電話しますか。

M（課長）：田中君、困るよ。この報告書。たくさんまちがいがあるじゃないか。

F（田中）：はい。すみません。すぐに書き直します。

M：うん。直したら、佐藤君に見てもらいなさい。

F：はい。わかりました。

M：あれ、佐藤君は？　佐藤君、いないね。

F：あ、今、外に出ていらっしゃいます。

M：そうか。じゃあ、山田君に頼もう。

F：あのう、山田さんは今木村さんと打ち合わせをなさってますが。

M：あ、そうだった。彼には木村君の仕事を手伝うように言ったんだった。困ったなあ……。やっぱり彼しかいないな。いつ戻るか、ちょっと電話して聞いてみて。

F：はい。

M：もし遅いようだったら、しかたない、中川君に頼もう。

F：はい、わかりました。

M：とにかく今日中に頼むよ。

田中さんはこれからだれに電話しますか。

ポイント

① 「直したら、佐藤君に見てもらいなさい」→まちがいを直したら、佐藤さんにいいかどうかをチェックしてもらう。

② 「佐藤君は？」「今、外に出ていらっしゃいます」→佐藤さんは、今外出していて、ここにはいない。

③ 「彼には木村君の仕事を手伝うように言ったんだった」→男の人は山田さんに木村さんの仕事を手伝うように指示した。 The man instructed Mr. Yamada to help Mr. Kimura.　男士指示山田協助木村的工作。　→山田さんには頼めない。

④ 「いつ戻るか、ちょっと電話して聞いてみて」→（戻る人＝外から帰ってくる人＝佐藤さん）→女の人は佐藤さんに電話する。

⑤ 「もし遅いようだったら、しかたない、中川君に頼もう」→佐藤さんが会社に戻るのが遅い場合は、中川さんに頼む。→今は中川さんに電話をしない。

⚠

◇ 「困るよ」＝よくないよ／だめだよ

◇ 「とにかく今日中に頼むよ」＝（いろいろ問題があるけれど、）必ず今日中に報告書を完成させてもらいたい。 (Though there are some problems) I want you to make sure to finish up the report within today. （雖然有各種問題）但一定要在今天完成報告書。

ことば

「**報告書**」 report　報告書

「**打ち合わせ**」 meeting, discussion　商量，磋商

6ばん　正解4

スクリプト

ケーキを作る教室で男の人と女の人が話しています。男の人はこのあとまず何をしなければなりませんか。

M：あれ、チョコレートが残ってる。ケーキにチョコレートを入れるのを忘れた！

F：え、チョコレートはまだですよ。ケーキが焼けてから塗るんですよ。

M：え、ケーキの中に入れるんじゃないんですか。

F：焼けたケーキを上と下2枚に切って、その間に溶かしたチョコレートを塗って、はさみます。

M：なんだ、そうでしたか。じゃあ、今はケーキが焼けるのを待つんですね。

F：え、さっき説明しましたよ。焼けるのを待っている間に、今まで使った道具を片づけて、まわりをきれいにしてください。そして、チョコレートを溶かして、ケーキに塗る準備をします。

M：あ、わかりました。このなべにチョコレートを入れて溶かすんですね。

F：さっきも言いましたけど、チョコレートは大きいままなべに入れるのではありませんよ。まず、小さく切ってください。そして、なべに生クリームを入れて、生クリームが温まったらチョコレートを入れます。チョコレートを直接なべに入れると、熱すぎてチョコレートがこげてしまいますからね。

M：ふーん、チョコレートを溶かすのも、けっこう大変なんですね。

F：はい、休んでいるひまはありませんよ。作業をどんどん進めてください。あ、途中で焼けたケーキをオーブンから出して、冷やすのを忘れないでください。

男の人はこのあとまず何をしなければなりませんか。

ポイント

① 「焼けたケーキを・・・溶かしたチョコレートを塗って、はさみます」→ケーキが焼けたあとで、チョコレートを塗る。

② 「今はケーキが焼けるのを待つ」「焼けるのを待っている間に、今まで使った道具を片づけて・・・そして、チョコレートを溶かして」→ケーキが焼けるのを待っている間に、道具を片づける。そのあとで、チョコレートを溶かす。→道具を片づけてから、チョコレートを溶かす。

③ 「このなべにチョコレートを入れて溶かす」「まず、小さく切ってください・・・生クリームが温まったらチョコレートを入れます」→チョコレートを溶かすときは、先にチョコレートを切る。そのあとで、なべに生クリームを入れる。

④ 「途中で焼けたケーキをオーブンから出して、冷やす」→作業の途中（片づけをして、チョコレートを溶かしている間）にケーキが焼ける。そのあとでケーキを冷やす。→まず片づけを始める。

順番：❶道具を片づける　❷チョコレートを切る　❸生クリームを温める　❹チョコレートを入れる（❶から❹までの間に焼けたケーキを冷やす）

⚠

◇ 「休んでいるひまはありません」＝休む時間はありません→どんどん作業をする。

ことば

「チョコレート」chocolate　巧克力

「ケーキを焼く」bake a cake　烤蛋糕

「溶かす」melt　溶解

「なべ」pot　鍋子

「生クリーム」fresh cream　鮮奶油

「温まる」get warm　加熱

「こげる」get burnt　烤焦，燒焦

「けっこう」＝思ったより、かなり　faily/rather, 〜er than one thought　很，相當

「作業」work, job　工作，作業，操作

「進める」proceed　進展，進行

「途中」halfway, midway　路上，途中，進行中

「オーブン」oven　烤箱

第2回

7ばん　正解4

スクリプト

試験の前に先生と学生が話しています。学生がかばんにしまうのはどれですか。

M（先生）：これから試験を始めます。机の右上の角（かど）に受験票（じゅけんひょう）を、写真がよく見えるようにおいてください。机の上には、試験に必要（ひつよう）ないものを置いてはいけません。筆記用具（ひっきようぐ）はえんぴつかシャープペンシル、消しゴム（け）です。ボールペンは使用できません。

F（学生）：あのう、すみません。辞書（じしょ）が使えるんじゃないんですか。

M：辞書を使っていいのは3時間目の作文の試験だけです。

F：あ、はい。

M：えんぴつ、シャープペンシル、消しゴムがない人がいますか。なければ貸します。ほかの物は置いてはいけません。かばんにしまってください。

F：すみません。時計はいいですか。

M：時計は腕時計（うでどけい）を使ってください。ない人は、この教室の、あの時計を見てください。

学生がかばんにしまうのはどれですか。

ポイント

① 「机の右上の角に受験票を、写真がよく見えるようにおいてください」→受験票 (d) はしまわない。

② 「試験に必要ないものを置いてはいけません」→必要でないものはしまう。

③ 「筆記用具はえんぴつかシャープペンシル、消しゴムです」→鉛筆 (e) と消しゴム (g) はしまわない。

④ 「ボールペンは使用できません」→ボールペン (f) は使えないので、しまう。

⑤ 「辞書を使っていいのは3時間目の作文の試験だけです」→辞書 (b) はしまう。

⑥ 「時計は腕時計を使ってください」→置き時計（おきどけい） (a) は使えない。→置き時計はしまう。

⑦ 電卓（でんたく） (c) は必要ないので、しまう。

⚠

◇ 「辞書が使えるんじゃないんですか」＝辞書が使えると思っていましたが、使えないのですか。 I thought I could use a dictionary, but can I not? 本來以為能用字典的，不能使用嗎？

ことば

「しまう」 put away 收起來・做完
「角（かど）」 corner 角

「受験票（じゅけんひょう）」 examinee's ticket 准考證
「筆記用具（ひっきようぐ）」 writing implements 筆記用具
「シャープペンシル」 mechanical pencil 自動鉛筆
「腕時計（うでどけい）」 (wrist) watch 手錶

8ばん　正解1

スクリプト

男の店員と女の店員が話しています。男の店員は何をしなければなりませんか。

F：ねえ、何だかここ、ごちゃごちゃしてて、商品（しょうひん）が見にくくない？

M：こんなふうに、商品がいっぱいあってにぎやかな感（かん）じ、ぼくは好きなんですけど……。

F：でもねえ、お客さんの気持ちになって考えなきゃ。にぎやかな雰囲気（ふんいき）はいいけど、これじゃ、どこに何があるのかわからなくて、お客さんが品物（しなもの）を選（えら）びにくいでしょ。

M：そうですね。少し商品の数（かず）を減らしましょうか。

F：うーん、数を減らすのはね……。並（なら）べ方（かた）を工夫（くふう）してみたら？　同じ種類（しゅるい）のものを集（あつ）めるとか。

M：うーん、同じ種類はちょっと。とにかくお客さんがほしいものを探（さが）しやすいように考えて、やってみます。

F：そう。それが終わったら、今日は帰りましょう。

M：はい。

男の人は何をしなければなりませんか。

ポイント

① 「数を減らすのはね……」→数は減らさない。

② 「並べ方を工夫してみたら？」＝もっといい並べ方を考えたほうがいいと思う。

③ 「うーん、同じ種類はちょっと」＝同じ種類のものを集めるのはいいとは思いません。

④ 「とにかくお客さんがほしいものを探しやすいように考えて、やってみます」→男の人はこれからもっといい並べ方を考えて、商品を並べ替える。

⑤ 「それが終わったら、今日は帰りましょう」→帰る前に、これから並べ替える。

⚠

◇ 「お客さんの気持ちになって考えなきゃ」＝お客さんがどう思うかを考えなければいけない。→お客さんが買い物をしやすいようにし

なければならない。

「(考え) **なきゃ**」＝「(考え) **なければ**」

◇「**とにかく**」＝考えることはあるけれど、今はそれは考えないで

ことば

「**ごちゃごちゃしている**」＝整理(せいり)がされていない、いろいろなものが乱雑(らんざつ)にある　not organized and various things are placed in a messy way　沒有整理，各式各樣的物品很雜亂。

「**雰囲気**(ふんいき)」atmosphere　氣氛，空氣

「**工夫する**(くふう)」devise, contrive　設法，辦法，下功夫

9ばん　正解4

スクリプト

男の人と女の人が話しています。2人はまずどこへ行きますか。

M：このお店、なかなかよかったね。また来よう。

F：うん。おいしかったね。

M：あっ、そうだ。駅の向(む)こうにも新しいお店ができたんだけど、ワインがすごくおいしいんだって。ちょっと、どう？

F：えっ、まだ飲むの？　私、ラーメンでも食べて帰りたいな。

M：おっ、ラーメンいいねえ。でも、まだ時間も早いし、ラーメンの前にちょっとだけ行ってみない？ワインの店。駅から近いんだしさ。

F：もう、しょうがないなあ。ちょっとだけだよ。

M：よーし。行こう、行こう。あ、その前にあのコンビニに寄(よ)って、お金を出したいんだ。いい？

F：お金なら、私、あるわよ。

M：それは悪いよ。すぐそこなんだから、ちょっと寄(よ)ってよ。

F：はい、はい。

2人はまずどこへ行きますか。

ポイント

① 「私、ラーメンでも食べて帰りたいな」→女の人は帰る前にラーメンが食べたい。

②「ラーメンの前にちょっとだけ行ってみない？ワインの店」「もう、しょうがないなあ」→ラーメンを食べる前にワインの店へ行く。

③「その前にあのコンビニに寄って、お金を出したい」→ワインの店へ行く前にコンビニへ行く。

④「お金なら、私、あるわよ」→女の人は、自分がお金を持っているからコンビニへ行かなくてもいいと言っている。

⑤「それは悪いよ」→男の人は、女の人のお金をつかうことはできないと言っている。

⑥「ちょっと寄ってよ」「はい、はい」→まずコンビニへ行く。

⚠

◇「駅から近いんだしさ」＝駅から近いのだから

◇「もう、しょうがないなあ」＝しかたがない、そうしよう。：相手(あいて)の言うことをしぶしぶ聞き入れるときの表現(ひょうげん)。　expression used when accepting reluctantly what the other person says　勉強答應對方的話時的表現。

◇「それは悪い」＝そうすることはできない

ことば

「**ラーメン**」ramen　拉麵

「**コンビニ**」convenience store　便利商店

「**寄る**(よ)」stop by　順路，順便到

10ばん　正解2

スクリプト

男の人と女の人が電話で話しています。女の人は何を買いますか。

F：もしもし、私。今スーパーの前にいるんだけど、何か買っていくものない？

M：そうだなあ。今夜はカレーを作ろうと思うんだけど、野菜(やさい)も肉(にく)もある。あ、バターが少ししかなかったけど、まあ今日は足(た)りるからいいよ。

F：あっ、でも今日、バターが安いから買っとくね。ほかには？

M：う～ん。そうだなあ……。食事のあとに食べる何か……。

F：くだもの？

M：くだものよりもっと甘(あま)いものがいいなあ。

F：じゃあ、アイスクリームは？　この前食べたアイスクリーム、新しくりんごの味(あじ)のが出てるよ。

M：おれは前と同じのがいいな。

F：うん。わかった。じゃあ、買っていくね。

女の人は何を買いますか。

課題理解　ポイント理解　概要理解　発話表現　即時応答

ポイント

① 「野菜も肉もある」→野菜と肉は買わない。
② 「バターが安いから買っとくね」→バターを買う。
③ 「この前食べたアイスクリーム、新しくりんごの味のが出てるよ」「おれは前と同じのがいいな」→アイスクリームを買う。

⚠

◇ 「買っとく」＝「買っておく」
◇ 「おれは前と同じのがいい」＝新しい味のアイスクリームではなく、前に食べたのと同じ味のアイスクリームがいい

ことば

「カレー」curry (and rice) 咖哩
「バター」butter 奶油
「おれ」＝ぼく
「材料」ingredients 材料，原料

11 ばん　正解 4

スクリプト

電話で男の人と女の人が話しています。男の人は何で行きますか。

F：はい、現代美術館でございます。
M：あ、すみません。今、山田駅にいるんですが、そちらへの行き方を教えていただけませんか。
F：はい。山田駅からでしたら、まず地下鉄で中町駅までいらっしゃってください。
M：中町駅ですね。
F：はい。中町駅で地下鉄中央線に乗り換えてください。
M：中央線というと、緑色の電車ですね。
F：あ、それは地下鉄ではありません。地下鉄は赤い線が入っています。
M：あ、わかりました。
F：中町駅から10分ぐらいでみどり山駅に着きます。着いたら、駅前の道をまっすぐ歩いてきてください。15分ぐらいで着きます。
M：歩いて15分かあ。あのう、駅前からバスはありませんか。
F：あります。バスでしたら5分ですが、1時間に1本しかないんです。
M：じゃあ、時間を調べて、その時間に合わせて行けばいいですね。どうもありがとうございました。

男の人は何で行きますか。

ポイント

① 「まず地下鉄で中町駅までいらっしゃってください」「中町駅で地下鉄中央線に乗り換えてください」→地下鉄に2回乗る。
② 「中央線というと緑色の電車ですね」「それは地下鉄ではありません」→緑色の電車には乗らない。
③ 「着いたら、駅前の道をまっすぐ歩いてきてください。15分ぐらいで着きます」「歩いて15分かあ」→駅から美術館まで15分も歩きたくない。
④ 「駅前からバスはありませんか」→バスがあれば、バスに乗りたい。
⑤ 「1時間に1本しかないんです」→バスは1時間に1回しか来ないので不便だ。
⑥ 「時間を調べて、その時間に合わせて行けばいいですね」＝バスの時間を調べておいて、その時間に行けば待たなくてもいいですね。→バスに乗る。

ことば

「合わせる」be at a place at about the same time as something 對照，調整

12 ばん　正解 3

スクリプト

男の人と女の人が話しています。女の人はこのあと何をしますか。

M（課長）：田中君、明日の出張の準備はできた？
F（田中）：はい。だいたいできました。
M：向こうでやる発表の資料は？
F：はい。あと、今年のデータを入れれば終わります。
M：そうか。じゃあ、30分後に見せてくれる？
F：はい。お願いします。
M：あ、それから、向こうに着いたら、佐藤君にこの書類を渡してくれ。
F：はい。
M：で、これを読んだらすぐに私に連絡するように言ってくれ。
F：はい。わかりました。
M：じゃあ、よろしく。

田中さんはこのあと何をしますか。

ポイント

① 「あと、今年のデータを入れれば終わります」→今年のデータを入れる。

② 「30分後に見せてくれる？」「はい」→このあと今年のデータを入れて、30分後に課長に発表の資料を見せる。

③ 「向こうに着いたら、佐藤君にこの書類を渡してくれ」→明日、佐藤さんに書類を渡す。

④ 「で、これを読んだらすぐに私に連絡するように言ってくれ」→佐藤さんに書類を渡したあと、佐藤さんに「これを読んだらすぐに課長に連絡してください」と言う。→佐藤さんが課長に連絡する。

⚠

◇ 「向こうでやる発表」＝出張で行ったところでする発表

◇ 「向こうに着いたら、佐藤君にこの書類を渡してくれ。で、これを読んだらすぐに私に連絡するように言ってくれ。」

「で、」＝それで／そして

「A。で、B。」＝A。それで／そして、B

ことば

「出張」 business trip　出差

「発表」 presentation　發表

「資料」 material, datum　資料

「データ」 datum, data　數據，論據，資料

「書類」 documents, papers　文件

第3回

13ばん　正解2

スクリプト

男の人と女の人が名前を書いた紙を見て話しています。女の人はだれに連絡しますか。

F：佐藤さん、すみません。明日のミーティング、何時からですか。

M：あ、いけない。時間と場所を言っていなかったね。10時から、第2会議室なんだ。西川さん、悪いけど、みんなに連絡してくれないかな。これが出席者の名前なんだけど。

F：はい、わかりました。すぐ連絡します。あ、でも、営業部の田中課長と山田さんは今会議中なので、会議が終わったら伝えます。

M：うん。南工場のほうは、ぼくが今から行くから、木村君と鈴木君には向こうで伝えとくよ。それと、中田さんと青木さんには受付を手伝ってほしいと伝えて。

F：はい、わかりました。あのう、大山部長は今中国にいらっしゃってますが。

M：ああ、そうだった。じゃあ、部長はいいね。

F：はい、わかりました。

女の人はだれに連絡しますか。

ポイント

① 「佐藤さん」→男の人の名前は佐藤さん。→連絡する必要はない。

② 「西川さん」→女の人の名前は西川さん。→連絡する必要はない。

③ 「営業部の田中課長と山田さんは今会議中なので、会議が終わったら伝えます」→女の人は田中さんと山田さんに連絡する。

④ 「木村君と鈴木君には向こうで伝えとくよ」→男の人が木村さんと鈴木さんに連絡する。

⑤ 「中田さんと青木さんには受付を手伝ってほしいと伝えて」→女の人は、中田さんと青木さんに連絡する。

⑥ 「部長はいいね」→部長には連絡しない。

⚠

◇ 「悪いけど～くれないかな」＝すみませんが～してください

◇ 「中国にいらっしゃってます」＝「中国にいらっしゃっています」＝中国に行っています

〈尊敬表現　honorific expression　尊敬表現〉→中国にいる。

◇ 「ああ、そうだった」＝今気がついた

I remember now.　啊，這樣啊。（現在才發現。）

ことば

「ミーティング」 meeting　會議

「第～」 the (second) 〈used before ordinal numbers〉　第～

「会議室」 conference room　會議室

「出席者」 attendee　出席者

「営業部」 sales department　營業部

「課長」 section manager　科長

「部長」 department manager　部長

14 ばん　　正解 2

スクリプト

父親（ちちおや）と子どもが話しています。二人は誕生日（たんじょうび）に何をしますか。

子：来週の土曜日、ぼくのお誕生日だよ。

父：そうだね。お祝（いわ）いをしようね。

子：ぼく、「動物ランド」へ行って、動物と遊びたい。そして、そのあとレストランへ行っておいしいものを食べるの。

父：そうだねえ。でも、「動物ランド」は遠いし、来週はお父さんが忙（いそが）しいから、ちょっとねえ……。

子：えーっ。

父：それに今、寒いから、「動物ランド」はまた今度にしないか。そのかわり、おうちでパーティーをしよう。

子：う～ん。

父：お母さんにおいしいもの、たくさん作ってもらおう。何が食べたい？

子：え～っと、お肉でしょ、おすしでしょ、あっ、ケーキも。

父：いいね。おじいちゃんとおばあちゃんも呼（よ）ぼうか。

子：うん！　じゃ、電話する。

父：えっ、今？

子：うん、おじいちゃんとおばあちゃん、よくお出かけするから早く約束（やくそく）しなくっちゃね。

二人は誕生日に何をしますか。

ポイント

① 「ぼく、『動物ランド』へ行って、動物と遊びたい」→男の子は「動物ランド」へ行きたいと思っている。

② 「『動物ランド』は遠いし、来週はお父さんが忙しいから、ちょっとねえ……」→お父さんは「動物ランド」へ行けない。

③ 「『動物ランド』はまた今度にしないか」＝「動物ランド」へ行くのはまた別（べつ）のときにしよう。→「動物ランド」へ行かない。

④ 「そのかわり、おうちでパーティーをしよう」→家でパーティーをする。

⑤ 「おじいちゃんとおばあちゃんも呼ぼうか」→おじいさんとおばあさんを呼んで、家でパーティーをする。

▲

◇ 「約束しなくっちゃ」＝「約束しなくては（いけない）」

15 ばん　　正解 3

スクリプト

歯医者（はいしゃ）の受付（うけつけ）で男の人と女の人が話しています。男の人は何曜日の何時を予約（よやく）しますか。

F：次（つぎ）の予約は、いかがなさいますか。

M：あのう、できるだけ早いほうがいいんですが……。今週は空（あ）いていませんか。

F：そうですねえ。木曜日の、今日と同じ 9 時はいかがですか。

M：あっ、すみません。次からは夕方にしたいんです。仕事があって……。夕方 6 時ぐらいだったら来られるんですが。

F：そうですかあ。木曜日の夕方はもう予約が入っていますね。あ、来週の火曜日の 6 時でしたら空いていますが、来週ですからね……。あと、土曜日はいかがですか。土曜日は午前 9 時からと 11 時から、午後は、1 時、3 時、5 時、6 時もだいじょうぶですが……。

M：土曜日かあ。そうだなあ。土曜日なら会社も休みだし、今週は予定（よてい）もないし、朝早くすめばあとの時間が十分使えるし……。

F：早い時間ですと、9 時になりますが。

M：はい。それでお願いします。

男の人は何曜日の何時を予約しますか。

ポイント

① 「今週は空いていませんか」→今週がいい。

② 「木曜日の、今日と同じ 9 時はいかがですか」「次からは夕方にしたいんです。仕事があって……」→木曜日の 9 時は来られない。

③ 「夕方 6 時ぐらいだったら来られるんですが」「木曜日の夕方はもう予約が入っていますね」→木曜日の 6 時は予約できない。

④ 「来週の火曜日の 6 時でしたら空いていますが、来週ですからね……」→今週の火曜日の 6 時は空いていない。

⑤ 「土曜日は午前 9 時からと 11 時から、午後

は、１時、３時、５時、６時もだいじょうぶですが……」「土曜日なら会社も休みだし・・・朝早くすめばあとの時間が十分使えるし……」→土曜日の早い時間がいい。
⑥「早い時間ですと、９時になります」→土曜日の９時を予約する。

◇「いかがなさいますか」＝どうしますか〈尊敬表現 honorific expression　尊敬表現〉
◇「予約が入っています」→ほかの人が予約している。

16 ばん　正解 4
スクリプト
男の人と女の人が大学で話しています。男の人はこのあと何をしますか。

M：先生、明日の研究会の資料50部、できました。
F：あ、お疲れさま。あとは、受付用の名簿がいるね。
M：はい、もう準備してあります。でも、名札はこれからです。
F：そう。ええと、じゃあ、１時から会場の準備をすることにしましょう。……会場は２階の会議室ね。それまでにお昼、済ませておいて。もう12時過ぎてるから。
M：はい。では、名札はあとにします。

男の人はこのあと何をしますか。
ポイント
①「はい、もう準備してあります」→名簿はもう作った。
②「名札はこれからです」→名札はこれから作る。
③「１時から会場の準備をすることにしましょう」→１時から会場の準備をする。
④「それまでにお昼、済ませておいて。もう12時過ぎてるから」＝１時までに昼ご飯を食べてしまってください。今はもう12時過ぎだから。→今から昼ご飯を食べる。
⑤「では、名札はあとにします」→名札は昼ご飯を食べたあとで作る。
ことば
「資料」datum, data　資料
「〜部」：本、書類、パンフレットなど印刷物の

数を表す言葉。
「名簿」name list　名冊
「名札」name tag　名牌

17 ばん　正解 4
スクリプト
男の人と女の人が話しています。女の人はこのあとどうしますか。

F：あれ？　またた。
M：どうしたの？
F：このケータイ、買ったばかりなんだけど、メールを送ろうとすると電源が切れちゃうの。いつもではないんだけど……。
M：それ、おかしいよ。故障してるんじゃない？
F：ほかは問題ないんだけどな。調べてもらったほうがいいかな。
M：そのほうがいいよ。メールが送れないと、不便だろ？
F：うん。……さっきは送れたのに。
M：サービスセンターに電話して聞いてみる？……でも、直接店に行ったほうがいいと思うよ。
F：うん。でも今日これからバイトなんだ。
M：駅前の店、９時までやってるよ。
F：そう。じゃあ、だいじょうぶだね。

女の人はこのあとどうしますか。
ポイント
①「調べてもらったほうがいいかな」「そのほうがいいよ」→ケータイを調べてもらったほうがいい。
②「サービスセンターに電話して聞いてみる？……でも、直接店に行ったほうがいいと思うよ」＝サービスセンターに電話するより直接店に行ったほうがいい→サービスセンターには電話しない。
③「これからバイトなんだ」＝これからアルバイトに行かなければならない。→今駅前の店に行くことはできない。
④「駅前の店、９時までやってるよ」＝駅前の店は９時まで開いている。
⑤「じゃあ、だいじょうぶだね」＝９時まで店が開いているから、バイトが終わったあとで行ってもだいじょうぶだ。→先にアルバイトに行く。

⚠

◇「9時までやってるよ」＝「9時までやっているよ」→9時まで店が開いている。

ことば

「ケータイ」＝携帯電話 cellphone 手機

「メール」email 電子郵件，郵件

「電源」power (source) 電源

「故障する」break down, get out of order 故障

「サービスセンター」repair/service center 服務中心

「直接」directly 直接

「バイト」＝アルバイト

18 ばん　正解 3

スクリプト

銀行で銀行員と男の人が話しています。男の人はこのあと何をしますか。

F（銀行員）：いらっしゃいませ。

M：あのう、引っ越しをしたので住所変更をしたいのですが。

F：はい。では、こちらの申し込み用紙に新しいご住所を書いていただきたいのですが。

M：ええ。昨日その用紙をもらって帰って、家で書いてきたんです。

F：そうですか。では、あちらの番号の札を取ってお待ちください。

M：はい。わかりました。

F：15分くらいお待ちいただくかと思います。

M：あのう、その間にあちらの機械でお金を出したいんですが。

F：順番に番号をお呼びしますが、あちらにいらっしゃっても聞こえますよ。

M：そうですか。じゃあ、だいじょうぶですね。

男の人はこのあと何をしますか。

ポイント

① 「新しいご住所を書いていただきたい」「家で書いてきたんです」→新しい住所はもう書いた。→ここでは書かない。

② 「では、あちらの番号の札を取ってお待ちください」→番号札を取って待つ。

③ 「15分くらいお待ちいただくかと思います」「その間にあちらの機械でお金を出したい」→待っている間に機械でお金を出したい。

④ 「あちらにいらっしゃっても聞こえますよ」→機械があるところにいても自分の番号を呼ぶ声が聞こえる。→番号の札を取ったあと、お金を出しに行ってもだいじょうぶだ。

⑤ 「じゃあ、だいじょうぶですね」→お金を出しに行く。

⚠

◇「お待ちいただく」：「待ってもらう」のていねいな言い方。

◇「お呼びします」：「呼びます」のていねいな言い方。

◇「お待ちいただくかと思います」＝待ってもらうことになるでしょう

ことば

「住所変更」change of address 地址變更

「申し込み用紙」application form 申請表

「番号(の)札」number tab 號碼牌

「札を取る」take a tab 取牌

第4回

19 ばん　正解 4

スクリプト

男の人と女の人がメモを見ながら話しています。女の人は何をしますか。

M：えー、こんなにたくさんやることがあるの？　休みの日はゆっくり休もうよ。

F：そんなこと言わないで。ね。ジョンの散歩ならいいでしょ。公園、さくらがきれいよ。ついでに買い物も頼みたいけど、スーパー、犬は入れないから。

M：うん、そうだ。でも、手紙なら途中のポストで出せるよ。

F：えっ？　あ、これ？　これから書くの。山田先生に、私が。

M：なーんだ。お、ケーキか。いいね。公園の前の店のケーキはどう？　買ってくるよ。

F：えー、作ろうと思って書いたんだけど。あそこのケーキも、いいわね。

M：いやいや。君のチョコレートケーキもなかなかのもんだよ。

F：そう？　じゃあ、やっぱりがんばるか。

M：それじゃあ、ぼくは掃除をしよう。今日は午後から雨だから、庭の花に水やりはいらないよ。

F：そう？　ありがとう。じゃあ、あとは私が
　　やるね。

女の人は何をしますか。

ポイント

①「ジョンの散歩ならいいでしょ」→ジョン
　（犬）の散歩を男の人に頼んだ。

②「買い物も頼みたいけど、スーパー、犬は入
　れないから」→買い物は頼まない。

③「これから書くの。山田先生に、私が」→手
　紙は女の人が書く。

④「作ろうと思って書いた」→女の人はケーキ
　を作るつもりだった。

⑤「やっぱりがんばるか」→女の人がケーキを作る。

⑥「ぼくは掃除をしよう」→男の人が掃除をする。

⑦「庭の花に水やりはいらない」→水やりはしな
　くていい。

⑧「あとは私がやるね」→男の人がしないこと
　は女の人がする。→男の人がすること：ジョ
　ン（犬）の散歩、掃除→女の人がすること：
　買い物、ケーキ、手紙。

⚠

◇「なかなかのもんだよ」＝上手だよ（おいし
　いよ）

ことば

「さくら」cherry blossoms　櫻花

「途中」on one's way　中途

「ポスト」mailbox, postbox　郵筒，信箱

「水やり」watering (a plant)　澆水

20 ばん　正解 2

スクリプト

バスの中で学校のテニス部の男子学生が話して
います。昼ご飯を食べたあと、何時にどこに集
まりますか。

M：みなさん、まもなくテニスセンターに着き
　　ます。お疲れさまでした。えーっと、着い
　　たらまずセンターのロビーに集まってくだ
　　さい。部屋の番号をお知らせします。その
　　あと、部屋に荷物を置いたら、食堂でお昼
　　ご飯を食べてください。昼食は12時から
　　1時までです。それぞれ適当に食べてくだ
　　さい。昼食後は少し休憩したあと、2時か

ら練習を始めます。練習の前に準備をしな
ければいけませんから、15分前にはテニス
コートに集まってください。夕食は、バー
ベキューをします。6時から庭でやりま
す。遅れないように集まってください。

昼ご飯を食べたあと、何時にどこに集まりますか。

ポイント

①「それぞれ適当に食べてください」→昼食は
　自由に食べていい。→食堂には集まらない。

②「2時から練習を始めます・・・15分前には
　テニスコートに集まってください」→2時15
　分前にテニスコートに集まる。

⚠

◇「それぞれ適当に」＝決められていないの
　で、各自が都合のいいように（する）each per-
　son can do as is convenient for him/her because there isn't
　a set plan　因為沒決定計畫，所以大家各自行動。

ことば

「まもなく」＝もうすぐ

「休憩する」take a break　休息

「バーベキュー」barbecue　燒烤，烤肉

21 ばん　正解 1

スクリプト

会社で男の人と女の人が話しています。女の人
はまず何をしなければなりませんか。

M（課長）：上田さん、午後3時からのミーティ
　　　　　ング、場所は2階の201会議室だったよね。

F（上田）：え？　課長、その部屋は明後日の会
　　　　　議じゃありませんか。

M：あ、そう？　じゃあ、今日はどこだっけ。

F：206の部屋だと思いますけど……。

M：え？　たった5人のミーティングなのにあそこを
　　使うの？　ちょっと広すぎるんじゃないかなあ。

F：はあ、そうですね。では、すぐ確認します。

M：それから、この資料、ミーティングで使う
　　から5部コピーしてもらいたいんだ。田中
　　さんにコピー、頼んでくれない？

F：あ、コピーでしたら、私があとで。

M：そう？　悪いね。じゃあ、よろしく。

女の人はまず何をしなければなりませんか。

ポイント

① 「206の部屋だと思いますけど……」「すぐ確認します」→これからすぐミーティングの場所を確かめる。

② 「田中さんにコピー、頼んでくれない？」「コピーでしたら、私があとで」「そう？ 悪いね」→女の人はミーティングの場所を確かめたあとで、コピーをする。→女の人がコピーをするので、田中さんには頼まない。→田中さんに連絡する必要はない。

⚠

◇ 「今日はどこだっけ」＝今日はどこでしたか
「～っけ」：確認するときの表現。親しい間柄で使う。used when making a confirmation and used among close friends/people　確認時的表現。和關係親密的人説話時使用。

◇ 「コピーでしたら、私があとで」＝コピーは私があとでします。

◇ 「そう？ 悪いね」＝ありがとう。（コピーをあなたに頼んで）申し訳ない。

ことば

「ミーティング」meeting　會議
「課長」section manager　科長
「確認する」confirm　確認
「資料」datum/data　資料
「～部」：本、書類、パンフレットなど印刷物の数を表す言葉。

22ばん　正解1

スクリプト

病院の受付の人と男の人が話しています。男の人は何科へ行きますか。

M：あの、初めてなんですが……。先週から鼻水とせきが出て……。アレルギーかかぜかわからないんです。

F：耳鼻科か内科ですね。熱はどうですか。

M：ちょっとあります。

F：そうですか。熱があるのでしたら、内科か……小児科ですね。

M：あのう、ぼく、まだ15歳なのでいつも小児科に行くように言われるんです。でも、小児科はちょっと。もう高校生ですから。

F：わかりました。では、まず内科で診察を受

けてください。診察の結果、耳鼻科のほうがいいということになったら、そのあと耳鼻科の診察を受けられますから。

M：そうですか。じゃあ、そうします。

男の人は何科へ行きますか。

ポイント

① 「熱があるのでしたら、内科か……小児科ですね」→内科か小児科へ行く。

② 「いつも小児科に行くように言われる…小児科はちょっと」→小児科へ行きなさいと言われるが、小児科へは行きたくない。

③ 「まず内科で診察を受けてください」→内科へ行く。

④ 「耳鼻科のほうがいいということになったら、そのあと耳鼻科の診察を受けられます」＝耳鼻科のほうがいい場合は、内科へ行ったあと、耳鼻科へ行くことができる。→今は耳鼻科に行くかどうかわからない。

⚠

◇ 「初めてなんですが……」→この病院に来たのは初めてなので、どうしたらいいか教えてもらいたい。

◇ 「耳鼻科のほうがいいということになったら」＝内科の先生が『耳鼻科へ行ったほうがいい』と言ったら

ことば

「鼻水」runny nose　鼻水
「せき」cough　咳嗽
「アレルギー」allergy　過敏
「耳鼻科」ear, nose, and throat department　耳鼻科
「内科」department of internal medicine　内科
「小児科」pediatrics　小児科
「診察を受ける」receive medical examination　看診
「結果」result　結果

23ばん　正解2

スクリプト

男の人と女の人が話しています。女の人はこれから何をしますか。

M（弟）：姉さん、そんなに急いで、どうしたの？ どこへ行くの？

F（姉）：あ、コンビニ。急いで書類を送らな

くちゃいけなくて。宅配便（たくはいびん）でこれから出すんだけど、明日の何時ごろに届（とど）くかな。

M：あて先（さき）は？　あ、市内（しない）だね。だったら、早（はや）ければ明日の午前中だと思うよ。

F：そう。午前中というと何時ごろかしら。明日の朝、10時に着かないとだめなんだけど。

M：郵便局（ゆうびんきょく）だったら、次（つぎ）の日の午前10時までに届けてくれるサービスがあるよ。普通（ふつう）の郵便よりちょっと高いけどね。

F：いくらぐらい？

M：前にぼくが出したときは、これと似（に）たような荷物（もつ）で600円か700円ぐらいだったと思うけど。

F：それくらいならだいじょうぶ。あ、よかった。何とか間（ま）に合うわ。じゃ、郵便局へ行ってきまーす。

M：あ、確（たし）か、電話をすれば取（と）りに来てくれるはずだよ。電話してみたら？

F：ええ。でも、ほかに用事（ようじ）もあるから。

M：あ、そう。

女の人はこれから何をしますか。

ポイント

① 「コンビニ。…宅配便でこれから出す」→女の人は宅配便を出すためにコンビニへ行くところだ。

② 「明日の朝、10時に着かないとだめなんだ」「郵便局だったら、次の日の午前10時までに届けてくれるサービスがあるよ」→郵便には、次の日の朝10時までに届く便がある。

③ 「ちょっと高いけどね」「それくらいならだいじょうぶ…郵便局へ行ってきまーす」→値段（ねだん）も問題がないので、郵便局へ行って、次の日の朝10時までに届く便で出す。　The price is OK, so one goes to the post office and sends them (documents) by a special delivery that guarantees delivery by 10:00AM the next day.　價格也沒問題，去郵局以明天早上10點到達的郵件寄出。

④ 「電話してみたら？」「ほかに用事もあるから」→電話して荷物を取りに来てもらうこともできるが、出かける用事がほかにもあるから、電話はしない。　I could call and ask them to come pick my parcel, but I'm not going to do it because I need to go out anyway for something else.　也可以打電話請他來取包裹，但有別的事要外出，所以不打電話。　→郵便局へ行く。

24 ばん　正解3

スクリプト

男の人と女の人が花の育（そだ）て方について話しています。女の人はまずどうしますか。

F：この花、きれいだったのに、最近（さいきん）元気がなくなってきたんですよ。

M：水のやりすぎではありませんか。

F：買ったときに言われた通り、3日に1回やってますが。

M：そうですか。日光（にっこう）には当（あ）てていますか。

F：はい。太陽（たいよう）の光が入る窓（まど）のそばに置（お）いています。

M：そうですか。じゃ、栄養（えいよう）が足（た）りないのかもしれませんね。

F：栄養？

M：ええ、土にこの栄養剤（えいようざい）をまぜてみてください。それでもだめだったら、土を全部入れ替（か）えたほうがいいですね。

F：わかりました。じゃ、やってみます。

女の人はまずどうしますか。

ポイント

① 「買ったときに言われた通り、3日に1回やってますが」＝水は言われた通りにやっている。→やりすぎではない。

② 「太陽の光が入る窓のそばに置いています」＝日光に当てている。→問題はない。

③ 「土にこの栄養剤をまぜてみてください」→栄養剤を土に入れる。

④ 「それでもだめだったら、土を全部入れ替えたほうがいいですね」＝栄養剤を入れてもだめなときは、土を入れ替える。→すぐに入れ替えなくてもいい。

⚠

◇ 「やってます」＝「やっています」

「栄養」nutrition　營養
「栄養剤」nutritional supplement　營養品，營養劑
「入れ替える」replace　更換

第5回

25ばん　正解3

スクリプト

男の人と女の人がレンタカーの料金表を見ながら話しています。男の人はいくら払いますか。

M：友だちと今度の日曜日に高山に行こうと思ってるんです。山なのでエンジンが大きめの車を借りたいんですが。

F：それでしたら、RVはいかがですか。力も強いし、山を走るにはぴったりですが。

M：いや、RVじゃなくて普通の乗用車がいいんですが。

F：そうですか。では、こちらですね。エンジンの大きさによって1000cc、1500cc、2500cc、3つのタイプがあります。この2500ccタイプでしたら、エンジンも大きいので山道でもよく走ります。車の中も広くてゆったりしています。もしお荷物が多ければ、ミニバンもおすすめですが。

M：いや、荷物は多くないんです。でもこれ、9,500円ですか。高いなあ。

F：あのう、渋滞を考えると12時間のほうがいいと思いますよ。超過料金を払うとかえって高くなりますから。

M：う～ん、そうかぁ……。わかりました。そうします。でも、また高くなるなあ。

F：あのう、人数が多くなければ、1000ccタイプでも十分だと思います。料金も半分になりますし。

M：うーん、1000ccじゃねえ。ちょっと小さいな。もう少し大きくないと。

F：でしたら、こちらはいかがですか。料金も2500ccよりは安いですし……。

M：うん、そうですね。それにします。

男の人はいくら払いますか。

ポイント

① 「RVじゃなくて普通の乗用車がいい」→RVは借りない。

② 「この2500ccタイプでしたら」→店員は2500ccタイプの車をすすめている。The salesperson recommends a 2500cc type car.　店員推薦2500cc型的汽車。

③ 「荷物は多くない」→ミニバンは借りない。

④ 「これ、9,500円ですか。高いなあ」→乗用車2500ccタイプは高いと思う。

⑤ 「そうします」→6時間ではなく、12時間借りることにする。

⑥ 「1000ccじゃねえ。ちょっと小さいな。もう少し大きくないと」→乗用車1000ccタイプは小さいから借りない。

⑦ 「料金も2500ccよりは安いです」→女の人は2500ccタイプより一つ下のクラス（＝1500ccタイプ）をすすめている。The woman recommends one which is one class lower（=1500cc）than the 2500cc type.　女子推薦比2500cc型小一級的車（1500cc型）。

⑧ 「それにします」→乗用車1500タイプを借りる。

⚠

◇ 「思って(い)るんです」＝「思っているのです」

◇ 「渋滞を考えると」＝ドライブの途中で渋滞するかもしれないから　because we may have bumper to bumper traffic while driving　因為兜風的途中可能會塞車。

◇ 「超過料金を払うとかえって高くなります」＝（6時間の料金のほうが12時間の料金より安いと思って6時間借りることにすると、6時間以内で戻れなかった場合は超過料金を払わなければならない。しかし、）6時間の料金と超過料金を払うと、思ったのとは反対に12時間の料金より高くなってしまう (If you rent a car for six hours because you think it must be cheaper than renting it for 12 hours, you may need to pay overtime charge if you cannot return it within 6 hours. But) if you pay the 6-hour charge plus overtime charge, it will end up costing more than the 12-hour fee.（如果認為6小時的價錢比12小時的價錢便宜而借6小時，若在6小時內沒回來，必須支付超時費）但支付6小時的金額和超時費，相反的，反而比12小時的金額高。

◇ 「1000ccタイプでも十分だと思います」＝1000ccタイプでも山道を走ることができると思います

ことば

「レンタカー」rent-a-car　租賃汽車
「料金表」price list　費用表
「エンジン」engine　發動機，引擎
「大きめ」larger　大的
「ＲＶ」recreational vehicle　露營車
「乗用車」passenger car　房車，轎車
「タイプ」type　種類
「ゆったりしている」spacious　寬敞
「おすすめ」recommended item　推薦
「渋滞」bumper to bumper traffic　塞車
「超過料金」overtime charge　超時費
「かえって」rather　反而

26 ばん　正解 2

スクリプト

女の人と男の人が天気予報を見ながら話しています。男の人はこのあとまず何をしますか。

F：どうしよう。台風が今夜から明日の朝にかけて来るみたいよ。かなり大きいんだって。
M：えっ、大変だ。明日の朝、電車はだいじょうぶかな。
F：それよりも今夜が心配よ。夜中に停電するかもしれないし。
M：そうだな。懐中電灯はあったよな。
F：うん。でも電池が。ねえ、今ちょっと買ってきてくれない？
M：わかった。ペットボトルの水も買っといたほうがいいよね。
F：そうね。あ、そうだ、車を車庫に入れないと。
M：うん、そうだね。あとで入れるよ。あ、ふろに水をためておいたほうがいいんじゃない？　水が出なくなると困るから。
F：あ、それは私がやっとく。

男の人はこのあとまず何をしますか。

ポイント

① 「でも電池が」→電池がない。
② 「ねえ、今ちょっと買ってきてくれない？」「わかった」→男の人は電池を買いに行く。
③ 「ペットボトルの水も買っといたほうがいいよね」「そうね」→水も買う。
④ 「車を車庫に入れないと」「あとで入れるよ」→男の人は電池と水を買いに行ったあとで、

車を車庫に入れる。
⑤ 「ふろに水をためておいたほうがいいんじゃない？」「それは私がやっとく」→女の人がふろに水をためる。

⚠

◇ 「今夜から明日の朝にかけて」＝今夜から明日の朝までの間に
◇ 「やっとく」＝「やっておく」

ことば

「夜中」midnight　半夜
「停電する」power (supply) is cut off　停電
「懐中電灯」flash light　手電筒
「電池」battery　電池
「ペットボトル」plastic bottle, PET bottle (PET: poly-ethylene terephthalate)　塑膠瓶，寶特瓶
「車庫」garage　車庫
「水をためる」store water　儲水

27 ばん　正解 2

スクリプト

会社で男の人と女の人が話しています。女の人はこれからどうしますか。

F：課長、来週の出張のことなんですが……。
M（課長）：出張？　ああ、火曜日、大阪の会議に出てもらうんだったね。すまないね。ちょっと朝早いからね。火曜日の朝じゃなくて、月曜日の午後から大阪に行くか。
F：いえ、もう朝の飛行機を予約しました。あの……実は、あちらの部長が今度の企画についてずいぶん心配していらっしゃるようで……。
M：うん、それは知っているが、君がよく説明すればだいじょうぶだろう。
F：はい……、そうなんですが……。課長にも会議に出席していただけたらあちらの部長も安心なさると思うんですが。
M：そうだなあ……。その日は特別な予定もないし、じゃ、そうするか。でも、私は朝早いのが苦手だから、前の夜、新幹線で先に行くよ。
F：ありがとうございます。よろしくお願いします。では、切符を取っておきます。
M：わかった。

女の人はこれからどうしますか。

ポイント

① 「火曜日、大阪の会議に出てもらうんだったね」→女の人は火曜日に大阪で会議に出る。

② 「朝の飛行機を予約しました」→女の人は火曜日の朝の飛行機を予約した。

③ 「課長にも会議に出席していただけたらあちらの部長も安心なさると思うんですが」「じゃ、そうするか」→課長も会議に出席する。

④ 「前の夜、新幹線で先に行くよ」→男の人は月曜日の夜に新幹線で大阪へ行く。

⑤ 「切符を取っておきます」→女の人は月曜日の夜の新幹線の切符を取る。

⚠

◇ 「すまないね」＝悪いね

◇ 「朝早いのが苦手だ」＝朝早く起きるのは、難しい／好きではない　Getting up early in the morning is difficult./I don't like getting up early in the morning. 早起很難／不喜歡早起。

ことば

「課長」section manager　科長

「出張」business trip　出差

「部長」department head　部長

「企画」project　企劃，規劃

28 ばん　正解 2

スクリプト

高校生が先生に勉強方法について質問しています。このあと高校生は何をしますか。

M（高校生）：先生、受験に歴史が必要なんですが、歴史はどうしても好きになれなくて。

F（先生）：好きになる方法ねえ。難しいですねえ。

M：ええ。だから、教科書の中の必要なところを覚えてしまうことにしたんです。

F：でも、ただ覚えるだけじゃ問題には答えられないでしょう？

M：そうなんです。それでますます勉強するのがいやになってしまって……。

F：歴史の小説や映画は？　おもしろいし、理解しやすいと思いますよ。

M：でも、先生、時間が。あと 3 か月しかないんです。ほかの科目の勉強もあるし。

F：うーん、じゃあ、まんがは？　短い時間で全体がわかりますよ。まんがで歴史の流れを理解してから覚えたら、よく覚えられますよ。

M：あ、なるほど。まんがなら、時間がかかりませんね。本屋に行ってみます。

F：わざわざ買わなくても、学校の図書室にありますよ。

M：え、そうなんですか。じゃ、さっそく行ってみます。ありがとうございました。

このあと高校生は何をしますか。

ポイント

① 「ただ覚えるだけじゃ問題には答えられない」→覚えるだけではだめだ。

② 「歴史の小説や映画は？」「でも、先生、時間が。あと 3 か月しかないんです」→小説や映画で勉強するのは時間がかかる。もう試験が近いので時間がないから、この勉強法はだめだ。

③ 「じゃあ、まんがは？」「まんがなら、時間がかかりませんね」→まんがで勉強するのがいい。

④ 「わざわざ買わなくても、学校の図書室にありますよ」＝まんがは図書室で借りられるから買う必要はない。→図書室で借りる。

⑤ 「じゃ、さっそく行ってみます」→これからすぐ図書室へ行く。

⚠

◇ 「わざわざ買わなくても」→買う必要はない。

ことば

「受験」(college) entrance examination　考試

「歴史」history　歴史

「科目」subject　科目

「歴史の流れ」hitorical timeline　歴史的演進

「理解する」understand　理解，明白

「わざわざ」bother to (do something)　特意，特地

「さっそく」＝すぐ

29 ばん　正解 4

スクリプト

母親と息子が話しています。息子は、はじめにどこへ行きますか。

F（母）：太郎、ちょっと買い物に行ってきてくれない？

M（息子）：いいけど、これからちょっと田中君の

課題理解　ポイント理解　概要理解　発話表現　即時応答

家にノートを返しに行かなきゃなんない**ん**だ。

F：あ、そう。じゃ、帰りでいいからスーパーで牛乳と卵買ってきて。

M：うん、わかった。

F：あ、そうだ。クリーニング屋さんに寄って、お父さんのワイシャツもとってきてくれない？

M：クリーニング屋ってどこだっけ。

F：さくら公園の前の本屋のとなり。

M：ああ、あそこかあ……。

F：田中君の家の手前だから、寄ってから行けばいいでしょ。

M：え、ワイシャツ持って、田中君のうちへ行くの？　かっこ悪いよ。

F：ちゃんと袋に入れてくれるからだいじょうぶ。よろしく。

M：わかったー。

息子は、はじめにどこへ行きますか。

ポイント

①「田中君の家にノートを返しに行かなきゃなんない」→田中君（友だち）の家へ行く。

②「帰りでいいからスーパーで牛乳と卵買ってきて」→友だちの家から帰るときに、スーパーへ行く。

③「クリーニング屋さんに寄って」→クリーニング屋へも行く。

④「田中君の家の手前だから、寄ってから行けばいいでしょ」→田中君（友だち）の家へ行く前にクリーニング屋へ行くといい。

⑤「ワイシャツ持って、田中君のうちへ行くの？」「だいじょうぶ」「わかったー」→クリーニング屋へ行ったあと、田中君の家へ行く。→はじめにクリーニング屋へ行く。

⚠

◇「行か**なきゃなんない**」＝「行か**なければならない**」

◇「**帰りでいいから**」＝（今すぐではなくて、友だちの家から）**帰るときでいいから**

◇「**クリーニング屋さんに寄って**」→目的地（田中君の家）に移動する途中でそこ（クリーニング屋）へ行く。　例：「学校へ行く前にコンビニに寄って飲み物を買った」Before going to school, I stopped at a convenience store to buy a drink. 去學校前順便去便利商店買了飲料。

◇「クリーニング屋ってどこだっ**け**」＝クリーニング屋はどこ？

「**～っけ**」：確認するときの表現。親しい間柄で使う。　used to confirm something; used among close friends/people　確認時的表現。與親密的人說話時使用。

ことば

「**クリーニング屋**」laundry, cleaner's　洗衣店

「**寄る**」stop (by)　順路，順便到

「**手前**」＝その場所よりもこちらに近いところ

「**ワイシャツ**」men's shirt　襯衫

「**かっこ悪い**」not look nice, be uncool　（外貌，外型）難看

30 ばん　正解3

スクリプト

男の人と女の人が電話で話しています。男の人はこれからどうしますか。

M：もしもし、先日インターネットでそちらのお店のお菓子を買った者ですが……。

F：はい。ありがとうございます。

M：あのう、届いた箱の中に、お金の払い方の説明がなかったんですが、どうやってお金を払ったらいいんでしょうか。

F：あっ、支払いの用紙を、別に郵便でお送りしました。それを使って、銀行か郵便局、またはコンビニでお支払いください。10日までにお願いします。

M：10日までですね。あのう、その手紙はいつ送ってくださったんでしょうか。

F：ええと、お菓子をお送りした次の日です。

M：そうですか。じゃあ、もう一日待ってみます。

F：申し訳ありません。届かない場合はご連絡をいただけませんか。もう一度お送りいたしますので。

M：わかりました。

男の人はこれからどうしますか。

ポイント

①「支払いの用紙を、別に郵便でお送りしました」→支払いの用紙は郵便で送られてくる。

②「それを使って、銀行か郵便局、またはコンビニでお支払いください」→支払いの用紙を

使って、銀行か郵便局かコンビニで支払う。

③「もう一日待ってみます」→郵便が来るのを
待つ。

④「届かない場合はご連絡をいただけません
か」→手紙が来ないときは店に連絡する。

⚠

◇「先日インターネットで**そちらのお店のお菓
子を買った者ですが……**」＝私はインターー
ネットであなたの店のお菓子を買いました

◇「銀行**か**郵便局、**または**コンビニ」＝銀行か
郵便局かコンビニ

ことば

「**インターネット**」Internet　網路

「**お菓子**」sweets　點心，糕點

「**者**」person　人，者

「**支払い**」payment　支付

「**用紙**」form, paper　格式紙，規定用紙

「**コンビニ**」convenience store　便利商店

「**支払う**」pay　支付

課題理解

ポイント理解

概要理解

発話表現

即時応答

138

ポイント理解

第1回

1ばん　正解2

スクリプト

テレビのニュース番組で男の人と女の人が話しています。男の人はチケットをいくらで買いましたか。

M：今日午後4時ごろ、アメリカの人気歌手、ジミー・ブラウンさんが来日しました。成田空港にはジミーさんを見たいというファンが3,000人以上集まりました。ジミーさんは10日に東京ホールでコンサートを行うことになっています。

F：すごい人気ですねえ。10日のコンサートのチケット、30,000枚が、発売日に1時間で売り切れてしまったんですってね。

M：ええ、私も発売の日になんとか買ったんですが、1枚しか買えませんでした。現在、インターネットのオークションでは、発売日には1枚7,000円だったチケットが、なんと10倍以上の値段になっていることもあるそうです。

F：10倍って70,000円ですか。70,000円出しても行きたいっていう人がいるんですか。すごい人気ですねえ。

男の人はチケットをいくらで買いましたか。

ポイント

① 「私も発売の日になんとか買ったんですが、1枚しか買えませんでした」→発売日にチケットを1枚買った。

② 「発売日には1枚7,000円だったチケットが」＝チケットは発売日に7,000円だった。→男の人は発売日に7,000円で買った。

⚠

◇ 「なんとか買った」＝難しかったけれど、買った

ことば

「番組」program　（電視、廣播等）節目
「チケット」ticket　票
「人気歌手」popular singer　人氣歌手
「来日する」＝日本へ来る
「ファン」fan　愛慕者，粉絲

「コンサート」concert　音樂會，演唱會
「行う」＝する
「発売日」date of sale　發售日
「売り切れる」get sold out　售完
「発売」(start of) sale　發售
「なんとか」＝難しいけれど
「現在」at present　現在
「インターネット」Internet　網路
「オークション」auction　拍賣
「なんと」believe it or not　竟然：驚きを表す言葉。
「10倍」ten times as ... as　10倍

2ばん　正解2

スクリプト

大学生が話しています。この学生はどんな会社で働きたいと言っていますか。

F：私は今、自分の就職問題で悩んでいるんです。会社の選び方について両親と意見が合わなくて……。両親は、有名な一流会社か、今は一流でなくても将来大きくなりそうな会社に入るのがいいと言っています。でも、私が重要だと思うのは、その会社でどんな仕事ができるかということです。会社が有名だとか、将来に希望があるとか、そういうことはあまり重要だと思わないんです。大きな会社でなくてもいいんです。大きな会社に入っても、自分の能力に合った仕事をやらせてもらえるかどうかわかりません。だれがやっても同じだというような仕事じゃ、やる気が出ませんからね。

この学生はどんな会社で働きたいと言っていますか。

ポイント

① 「私が重要だと思うのは、その会社でどんな仕事ができるかということです」→仕事の内容で会社を選びたい。　I want to choose a company by the kind of work I will do.　想根據工作內容來選擇公司。

② 「大きな会社に入っても、自分の能力に合った仕事をやらせてもらえるかどうかわかりません」＝大きな会社に入っても、自分の力に合った仕事ができないかもしれない。　Even if

I enter a large corporation, I may not be able to do what I am most suited to do. 即使進了大公司，也有可能不能做適合自己能力的工作。

③「だれがやっても同じだというような仕事じゃ、やる気が出ませんからね」＝自分の力が必要とされるような仕事でなければ、一生懸命に働く気持ちになれない。 I don't feel encouraged to work hard unless the work is something that needs my own ability. 如果是自己的能力不受重用的工作的話，就沒有拚命工作的幹勁。

→自分の力に合った仕事がしたい。

ことば
「**就職**」 employment 就業
「**悩む**」 suffer, be troubled 煩惱
「**意見が合う**」 agree with somebody 意見一致
「**一流**」 first-class 一流
「**重要(な)**」 important 重要(的)
「**希望**」 hope 希望
「**能力**」 ability 能力
「**やる気**」 (strong) will, motivation 幹勁

3ばん　正解1

スクリプト

男の人と女の人が会社で話しています。男の人はどんな失敗をしましたか。

F：どうしたの。ちょっと元気ないみたい。
M：仕事でちょっと失敗しちゃって……。
F：え、どんな失敗？
M：お客さんに送る請求書の金額をまちがえちゃってね。「そのまま送ったら大変なことになるところだった」って、部長にきつく言われたよ。
F：あら〜。……まあ、ミスはだれにでもあるわよ。でも、よく確認しないとね。
M：うん、「同じまちがいは二度としないように注意しろ」って言われちゃった。
F：そう。でもまあ、元気出して。

男の人はどんな失敗をしましたか。

ポイント

① 「お客さんに送る請求書の金額をまちがえちゃってね」→請求書に正しくない金額を書いた。 I have put down a wrong amount of money on the bill. 在帳單上寫了不正確的金額。

② 「そのまま送ったら大変なことになるところだった」＝もし、請求書の金額を直さないで、それをお客さんに送ったら、きっと大きな問題になっただろう。→実際は送らなかった。送る前に正しく直した。 If I had sent the bill to the customer without correcting the amount, we would have been in big trouble.→I did not send it actually, but corrected the amount before sending it. 如果沒有改正帳單上的金額就把它寄給客戶，一定會發生嚴重的問題。→實際上沒有寄出，在寄送前就改正了。

⚠

◇「部長にきつく言われた」＝部長にしかられた

ことば
「**お客さん**」＝顧客 customer, client 客戶，顧客
「**請求書**」 bill, invoice 帳單，付款單
「**金額**」 amount of money 金額
「**部長**」 department head 部長
「**きつく**」＝強く
「**ミス**」 error, mistake 錯誤，失誤
「**確認する**」 confirm 確認
「**二度としない**」＝これからは、もう絶対にしない

4ばん　正解4

スクリプト

男の人と女の人が話しています。男の人はどうして運動を始めましたか。

M：あ、ゆみちゃん、久しぶりだね。
F：佐藤君、ジョギング中？　最近よく走ってるの？　前は運動、あんまり好きじゃなかったよね。
M：好きだから走ってるわけじゃないんだ。それに今は仕事が忙しくて、走る時間もあんまりないし……。
F：え、そうなの？
M：うん。あのさ、最近、服が合わなくなっちゃってねえ。
F：ああ、それで？　そうよね。健康のためにも太らないほうがいいね。

男の人はどうして運動を始めましたか。

ポイント

① 「服が合わなくなっちゃってねえ」＝服のサ

イズが合わなくなってしまった。→太ったか、やせたか、体形が変わった。 My body size has changed because of my weight increase/decrease. 胖了嗎?瘦了嗎?體型變了。

②「そうよね。健康のためにも太らないほうがいいね」→男の人を見て、女の人は「太らないほうがいい」と言っている。→男の人は太った。

⚠

◇「好きだから走ってるわけじゃないんだ」＝走っているのは、走るのが好きだからではない。→ほかの理由がある。 I am not running because I like running. →There's another reason. 並不是因為喜歡跑步而跑步。→有別的理由。

<u>ことば</u>
「久しぶり」 have not done … for a long time 很久,許久
「ジョギング」 jogging 慢跑

5ばん　正解3
<u>スクリプト</u>

会社で男の人と女の人が話しています。女の人は上司のどんなところがいやだと言っていますか。

F：ああ、疲れた。
M：また、課長に何か言われたの。
F：うん。あのね、今度の会議の連絡のしかたがまずいとか、会議の進め方を変えろとか。先週は、「適当にやってくれ」って言ったのに。いつもこうなの。あとからあれこれ文句を言うのよ。
M：それはいやだね。
F：もう、会議は明日よ。資料だって全部プリントしたのよ。それなのに、資料のデータを変えろだって。
M：今から？
F：そう。でも、やるしかないわ。いやだなあ、どうしてもっと早くチェックしないのかしら。自分で会議の準備をやってみればいい。どんなに大変か、わかるわよ。

女の人は上司のどんなところがいやだと言っていますか。

<u>ポイント</u>
①「あとからあれこれ文句を言うのよ」→すぐ言わないで、あとでいろいろ文句を言う。

②「どうしてもっと早くチェックしないのかしら」→もっと早くチェックして、早く指示を出せばいいのに、そうしないであとで指示を出す。それがよくない。 He should have checked it sooner and instructed me to do so sooner, but instead of doing so he tells me to do so later, which is not good. 如果能更早地檢查,更早地提出指示就好了。但沒有這樣做而是後來才提出指示,這樣不好。

<u>ことば</u>
「上司」 one's boss 上司
「課長」 section chief 科長,課長
「あのね」：説明を始めるときや、親しい相手に対して話し始めるときに使う言葉。 used before starting an explanation or before talking to one's close person 開始説明時或和關係親密的人開始對話時使用的詞語。
「まずい」＝よくない
「適当に」 in what you think fit 適當地
「あれこれ」＝いろいろ
「文句」 complaint 發牢騷,不滿
「資料」 material, data 資料
「プリントする」 print, copy 印刷,影印,列印
「データ」 data 數據
「やるしかない」＝やらなければならない
「チェックする」 check 檢查

6ばん　正解1
<u>スクリプト</u>

レストランで男の人と女の人が話をしています。女の人がこの料理を食べないのはどうしてですか。

M：あれ？　それ食べないの？
F：うん。ちょっと苦手なんだ。
M：ふ～ん。おいしいのに、どうして。
F：料理の味つけは悪くないけど、中にこれが入ってるでしょう（↘）。私、これ、だめなの。
M：それ？　ほんのちょっとしか入ってないじゃない。
F：でも、このにおいが……。
M：そうかあ？　いいにおいじゃないか。それにピリッと辛い、この辛さがいいんだよ。
F：そう。じゃあ、これ、全部食べていいよ。
M：おっ、サンキュー。

女の人がこの料理を食べないのはどうしてですか。

ポイント

「中にこれが入ってるでしょう。私、これ、だめなの」→料理の中に、きらいなものが入っている。

⚠️

◇「ちょっと苦手なんだ」＝好きじゃないんだ／きらいなんだ

◇「このにおいが……」＝このにおいが　いやだ／きらいだ

ことば

「苦手（な）」 do not like, be not skillful　難對付，不善於

「味つけ」 seasoning　調味道

「ほんのちょっと」 just a little bit　就這麼一點點

「ピリッと辛い」 hot and spicy　辣辣的

「辛さ」 hotness, spiciness　辣的程度

「サンキュー」＝ありがとう

第2回

7 ばん　正解 1

スクリプト

テレビ番組で男の人と女の人が話しています。男の人は今年の夏はどんな天気になると言っていますか。

F：夏が近づいてきましたが、今年の夏はどんな夏になるでしょうか。

M：そうですね。気温はだいたい去年と同じくらいでしょう。ただ、暑い日が去年よりも長く続きそうです。

F：そうですか。去年はとても暑かったですね。あの暑さがもっと続くということは、きびしい夏になりそうですね。

M：そうですね。

F：去年は、夕方、急に雨が降ってきてびっくりすることが多かったのですが。

M：ええ、そうでした。今年も夕立は多いでしょう。

F：じゃあ、外出するときは、かさが必要ですね。

M：ええ。雷にも注意しないといけません。

男の人は今年の夏はどんな天気になると言っていますか。

ポイント

①「暑い日が去年よりも長く続きそうです」＝暑い日が去年より多い。

②「夕立は多いでしょう」＝夕方急に雨が降ることが多い。→雨が多い。

ことば

「気温」 (atmospheric) temperature　氣温

「夕立」 (evening) shower　（傍晚的）驟雨，雷陣雨

「外出する」 go out　外出

「雷」 thunder　雷

---

8 ばん　正解 2

スクリプト

男の学生と女の学生が話をしています。男の学生が大学をやめたのはどうしてですか。

F：ねえ、田中君。大学やめたって、本当？

M：うん、そうなんだ。

F：どうして？　一生懸命に勉強してたのに……。お金の問題？

M：いや。

F：じゃあ、成績のこと？

M：そういうことじゃない。まあ、成績はあんまりよくないけど。……あのね、おじさんが仕事を紹介してくれて。

F：仕事？

M：そう。おじさんの知り合いの会社で人を探しているから、「おまえ、どうだ」って言われて。それで、その会社に行って話を聞いたら、仕事もおもしろそうだし、社長も「ぜひ来ないか」って言うから、決めちゃったんだ。

F：へえ。そう。でも勉強やめるの、残念じゃない？

M：勉強は、社会に出てからもできると思うんだ。

F：ふうん、そうか。

男の学生が大学をやめたのはどうしてですか。

ポイント

①「おじさんが仕事を紹介してくれて」「おじさんの知り合いの会社で人を探しているから、『おまえどうだ』って言われて」→おじさんが知っている人の会社で社員を募集していた。おじさんがその会社を紹介してくれた。

A company where my uncle's acquaintance works was recruiting employees, and he introduced me to this company.　叔叔認識的人的公司在招募職員，叔叔幫我

課題理解　ポイント理解　概要理解　発話表現　即時応答

介紹了那家公司。

② 「決めちゃったんだ」I've decided (to take the job). 已經決定了 →その会社に入ることを決めた。

⚠

◇ 「おまえ、どうだ」＝この会社に入らないか。

◇ 「ぜひ来ないか」＝来ませんか。／来てください。

◇ 「社会に出てから」＝学校を出て働き始めてから

「成績」grade　成績

「あのね」：説明を始めるときや、親しい相手に対して話し始めるときに使う言葉。used when starting an explanation or beginning to talk to one's close person. 開始說明或和關係親密的人開始說話時的用語。

「仕事を紹介する」introduce a job　介紹工作

「知り合い」acquaintance　認識的人

「(会社が) 人を探す」recruit　找人

「おまえ」＝あなた／君：同等または目下の相手に使う。used when talking to one's equal or inferior/subordinate　和同輩或晚輩說話時使用。

「ぜひ」by all means　一定・務必

9 ばん　正解 3

スクリプト

デパートで女の人が店員と話しています。女の人はどうして怒っていますか。

M（店員）：いらっしゃいませ。

F（客）：あのう、これ、昨日こちらで買ったシャツなんですけど、ここが破れているんです。取り替えてもらえませんか。

M：あ、申し訳ありません。少々お待ちください。………

M：お客様、お待たせいたしました。申し訳ございませんが、同じ色のものが売り切れてしまいまして……。別の色のものでもよろしいでしょうか。

F：ええっ、この色が気に入って買ったのに……。じゃあ、しかたがない。買うのやめます。お金、返していただけますよね。

M：あのう、それは……。申し訳ございませんが、こちらはセール品ですので、お返しできないんです。

F：えっ？　だめなの？　破れてるのに？

M：はい。大変申し訳ございません。あの、ほかの商品に取り替えることはできますが。

F：ええーっ。それはないでしょう（↘）。

女の人はどうして怒っていますか。

ポイント

① 「この色が気に入って買ったのに……」→別の色のシャツはいらない。

② 「お金、返していただけますよね」→お金を返してほしい。

③ 「こちらはセール品ですので、お返しできないんです」＝このシャツはセール品（値下げ品）だから、お金を返すことはできません。Because this shirt is a discounted item, we cannot give you a refund.　這件襯衫是特價品（降價品），所以不能退錢。

④ 「だめなの？　破れてるのに？」＝シャツが破れているのに、お金を返してくれないんですか。

⑤ 「それはないでしょう」＝それはひどい。

「いらっしゃいませ」Welcome.　歡迎光臨

「破れる」get torn　破損

「申し訳ありません」＝すみません／ごめんなさい

「少々」＝少し

「しかたがない」it cannot be helped, there's no choice　沒辦法

「セール品」merchandise on sale　特價品

（「セール」sale　大特價）

「商品」merchandise　商品

10 ばん　正解 3

スクリプト

女の人が自分の会社のことについて男の人と話しています。女の人がよくないと思っていることは何ですか。

M：何だか疲れているみたいだね。仕事、忙しいの？

F：うん、最近忙しいのよ。でも、好きな仕事をやらせてもらっているから、文句は言えないんだ。

M：そうか。休みはちゃんと取れるの？

F：うん、取れる。残業代もちゃんと払ってくれるよ。

M：じゃ、いいじゃない。

F：でもね、通勤がねえ……。女子の寮、古くなったから引っ越したのよ。男子社員の寮は会社のそばだからいいんだけど、女子寮はねえ……。

M：通勤に時間がかかるんだ。

F：そう、それがちょっと……。

女の人がよくないと思っていることは何ですか。

ポイント

① 「通勤がねえ……」「男子社員の寮は会社のそばだからいいんだけど、女子寮はねえ……」＝男子社員の寮は会社のそばだから通勤は楽だが、女子社員の寮はそうではない。 The male employees' dormitory is close to the company, so commuting to work is easy, but the women's dorm isn't. 男職員的宿舍就在公司的旁邊，上下班很方便，但女職員的宿舍並非如此。

② 「通勤に時間がかかるんだ」「そう、それがちょっと……」＝通勤に時間がかかる。それが困る。→女子社員の寮は遠い。

◇ 「時間がかかるんだ」＝「時間がかかるのですね」：「時間がかかる」ことを確認する。

ことば

「文句」complaint　發牢騷，不滿

「残業」overtime work　加班

「〜代」＝〜に対して支払う金

「通勤」commuting to work　上下班，通勤

「寮」dormitory　宿舍

11 ばん　正解4

スクリプト

男の人と女の人が話しています。女の人は、この服の何が自分に合わないと言っていますか。

F：ねえ、このワンピース、私には似合わないみたい。

M：そうかな？　色が明るくてきれいだよ。

F：色じゃなくて……。ちょっと太って見えない？

M：うーん、確かに、ちょっと。デザインのせいかな。

F：やっぱりそうか。

M：小さすぎるってことはないよね。

F：うん。お店の人がちょうどいいサイズを選んでくれたから。この柄はかわいいから好きなんだけど。うーん、ちょっと残念。

女の人は、この服の何が自分に合わないと言っていますか。

ポイント

① 「ちょっと太って見えない？」「うーん、確かに、ちょっと」＝確かにちょっと太って見える。

② 「デザインのせいかな」「やっぱりそうか」＝思った通り、デザインのせいで太って見えるのだ。 It makes me look fat because of its design, just as I thought.　就如所想的那樣，因為設計的樣式，看起來很胖。 →デザインが自分に合わない。

◇ 「やっぱりそうか」＝はじめに思った通り、そうだ。 it is so just as I thought　果然是這樣

ことば

「ワンピース」dress　連身洋裝

「似合う」look good on a person　合適

「太って見える」make a person look fat　看起來很胖

「デザイン」design　設計

「ちょうどいい」just the right size　正好，恰好

「サイズ」size　大小，尺寸

「柄」pattern　花樣

12 ばん　正解1

スクリプト

会社で男の人と女の人が話しています。二人は、上司にはどんな人がいいと言っていますか。

F：あ、北山さん、ご存じですか。中村課長がやめられるって……。

M（北山）：ええ、さっき聞きました。残念だなあ。課長にはずっとお世話になっていたから……。

F：私も残念です。きびしい方だから、私、よくしかられました。でも、いろいろ親切に教えてくださって。

M：ぼくなんて何回怒られたかわかりませんよ。

F：でも、いい勉強になりましたね。部下が失敗したときも、どうして失敗したのかとか、失敗したらどうすればいいのかとかを

課題理解　ポイント理解　概要理解　発話表現　即時応答

きちんと教えてくださいましたね。

M：そう、ただ怒るだけじゃなかった。

F：ほかの課の課長みたいに、仕事のあとで、みんなを飲みに連れていってくれたり、出張のときにおみやげを買ってきてくれたり、そういうやさしい人が上司だったらいいなあって思うこともあったけど。

M：でも、会社ではいい仕事をすることが一番ですからね。上司は中村課長のような人がいいなあ。

上司にはどんな人がいいと言っていますか。

ポイント

① 「いろいろ親切に教えてくださって」「部下が失敗したときも、どうして失敗したのかとか、失敗したらどうすればいいのかとかをきちんと教えてくださいましたね」＝中村課長は部下を親切に教えた。部下が失敗したときも、その失敗の原因や対処の方法をていねいに教えた。 The section manager kindly instructed his subordinates. When his subordinate made a mistake, he also explained in details the cause of the mistake or how it was to be dealt with. 中村科長親切地教導部下。即使部下失敗了，他也認真地教部下失敗的原因和處理方法。

② 「上司は中村課長のような人がいいなあ」＝上司は、中村課長のように親切にきちんと指導してくれる人がいい。 I want to have a boss who can instruct us kindly and properly just like Section Manager Nakamura. 上司要是像中村科長那樣親切地指導部下的人就好了。

⚠

◇ 「いい勉強になりました」＝いろいろなことを学びました。

◇ 「会社ではいい仕事をすることが一番ですからね」＝仕事のあとで飲みに連れていってくれたり、出張のときにおみやげを買ってきてくれたりする、そういう上司もいいけれど、それは仕事以外のことだ。会社は仕事をするところだから、いい仕事をすることがいちばん重要だ。 It's true such a boss as takes you for a drink after work or brings back souvenirs when coming back from his business trips is nice, but it's irrelevant to work. Because a company is where you're supposed to work, to do jobs well is the most important. 工作結束

後帶大家去喝酒，出差時買禮物給大家，這樣的上司雖然好，但那是工作以外的事。公司是工作的地方，做好工作是最重要的。

ことば

「上司」one's boss 上司

「ご存じですか」＝知っていますか〈尊敬表現 honorific 尊敬表現〉

「課長」section manager 科長，課長

「お世話になる」receive kindness/favor/help 得到照顧

「部下」one's subordinate 部下

「きちんと」in an appropriate manner, properly 好好地，準確，不多不少

「課」section, division, department 科，課

「飲みに連れていく」take someone for a drink 帶去喝酒

「出張」business trip 出差

「おみやげ」souvenir 禮物，土産

第3回

13 ばん　正解1

スクリプト

男の人と女の人が話しています。女の人は何で行きますか。

F：夏休みに大阪へ行きたいんだけど、新幹線と飛行機、どっちが安いかな。

M：新幹線だと 13,000 円ぐらいだよ。

F：往復で 26,000 円？　高い！

M：飛行機は、ときどきすごく安いチケットもあるらしいね。でも夏休み中はたぶんないと思うよ。

F：そう、残念。

M：とにかく安いほうがいいっていうんなら、バスじゃないか？　去年、おれ、大阪まで行ったけど、5,000 円ぐらいだったよ。

F：バスねえ。バスは苦手。長い時間だとつらいんだ。……あ、船は？　私、船には強いから、安ければ、時間がかかってもいい。

M：船？　大阪まで船で行くって、聞いたことないなあ。

F：そう……。どうしようかなあ。……お金もないし、少しがまんしようか。

M：やっぱり安いのが一番だよね。

F：うん。

課題理解　ポイント理解　概要理解　発話表現　即時応答

女の人は何で行きますか。

ポイント

① 「バスねえ。バスは苦手。長い時間だとつらいんだ」＝バスに長い時間乗るのはつらいから、バスには乗りたくない。

② 「お金もないし、少しがまんしようか」＝お金がないから、安いほうがいい。バスはつらいけれど安いから、つらいのをがまんしてバスで行こう。 The cheaper one is better because I don't have much money. Though the bus is difficult for me, it's cheaper, so I will endure the pain and go by bus. 因為沒有錢，便宜的好。搭巴士雖然辛苦，但是因為便宜，忍耐一下辛苦搭巴士吧。

③ 「やっぱり安いのが一番だよね」「うん」＝安いことはいちばんいいことだ。→バスがいい。

⚠

◇ 「バスは苦手」＝バスはきらいだ

◇ 「船には強い」＝船に乗るのは、だいじょうぶだ

ことば

「新幹線」bullet train　新幹線

「往復」both ways, going to and from　來回

「チケット」＝切符

「おれ」＝ぼく

「苦手(な)」not favorite, do not like　不擅於(的)

「つらい」painful, strenuous　辛苦，難受

「がまんする」endure　忍耐

14 ばん　正解 2

スクリプト

男の人と女の人が話しています。男の人は休みの日の過ごし方についてどう考えていますか。

F：明日は休み。うれしいな。

M：どこか遊びに行く予定でもあるの？

F：うん、予定はねえ……、寝坊をすること。

M：寝坊？

F：うん、寝たいだけ寝る。ゆっくりお昼ごろまで。

M：昼まで？　それはもったいないなあ。

F：え？　どうして。

M：だって、昼まで寝てたら、午前中がなくなっちゃうよ。せっかくの休みなのに、もったいないじゃない。

F：え、どうして？　ゆっくり寝られるのは休みの日だけなんだから、寝なくちゃ。

M：そうかな。朝早く起きて、いろんなことをして、夜早く寝ればいいじゃない。明るい時間に活動しないなんて時間がもったいないよ。

F：ふうん、寝坊は時間の無駄っていうことね。じゃ、あなたは？　早起きしてるの？

M：うん、休みの日は5時ごろ起きるよ。

F：5時に？

M：そうだよ。ぼくは君より、7時間ぐらいも長く休みの日が楽しめてるんだ。君もたまには早起きしたら？

F：えー？

男の人は休みの日の過ごし方についてどう考えていますか。

ポイント

① 「昼まで寝てたら、午前中がなくなっちゃうよ。せっかくの休みなのに、もったいないじゃない」＝昼まで寝ていたら、午前中は何もできない。大切な休みの日なのに、午前中の時間が無駄になってしまう。 You can't do anything in the morning if you sleep till noon. The morning hours will be wasteful on your precious day off. 如果睡到中午的話，上午什麼也不能做。好不容易的休息日，上午的時間卻浪費了。

② 「明るい時間に活動しないなんて時間がもったいないよ」＝明るい時間に寝るのは時間の無駄遣いだ。 It's waste of time to sleep during day time. 在天亮著的時候睡覺，是浪費時間。

③ 「寝坊は時間の無駄っていうことね」＝（あなたの考えでは）寝坊をすると休みの日の大切な時間の価値が生かされないということですね。 (In your opinion) the value of my precious time of my day off will be lost if I sleep in, correct? (你的想法是)睡懶覺使休息日的寶貴時間的價值沒有充分利用。 →女の人は、男の人が休みの日の大切な時間を無駄にしたくないと考えていることがわかった。

⚠

◇ 「寝たいだけ寝る」＝十分に寝る

◇ 「もったいないじゃない」＝本当にもったいない〈強調表現〉

◇ 「寝坊は時間の無駄っていうことね」：男の人が言ったことを、言い換えて自分で確認してい

課題理解　ポイント理解　概要理解　発話表現　即時応答

る。 She is rephrasing what the man said to her to make sure. 把男子說的話換一個說法再自己確認。

ことば
「過ごし方」 how to spend (one's time) 生活方式，過日子的方式＝どのように過ごすか／何をするか
「寝坊」＝朝遅くまで寝ていること／いつもより遅く起きること oversleeping 睡懶覺
「せっかくの～」 precious, valuable 好不容易的，難得的
「もったいない」 wasteful 可惜
「無駄（な）」 waste(ful) 浪費（的）

15 ばん　正解 3
スクリプト

銀行で男の人と係の人が話しています。係の人は、どうしてお金が出てこないと考えていますか。

M：すみません。お金が出てこないんですけど……。
F（係の人）：ああ、故障かもしれませんね。となりの機械をお使いください。
M：となりでもやってみましたが、だめでした。
F：暗証番号のまちがいではありませんか。
M：いえ、「番号が正しくない」というメッセージは出ませんでした。
F：ちょっと、カードを見せていただけますか。
M：はい。
F：……ああ、これかもしれません。ここに小さい傷がありますね。
M：あ、ほんとだ。えー、ぜんぜん気がつかなかった。
F：あちらの窓口でお調べしますから、しばらくお待ちください。
M：え？　困ったな。急いでるんですけど。
F：申し訳ありませんが、ちょっと調べてみませんと。
M：あのう、時間がないので……。

係の人は、どうしてお金が出てこないと考えていますか。

ポイント

「ちょっと、カードを見せていただけますか」
「ああ、これかもしれません。ここに小さい傷がありますね」＝カードに傷がある。この傷が

原因かもしれない。 There's a scratch on the card. This scratch may be the cause. 卡上有損壞的地方，這個損壞的地方可能是原因。

ことば
「係の人」 person in charge 負責的人員，責任者
「暗証番号」 password 密碼
「メッセージ」 message 口信，信息
「傷」 scratch, scar 傷痕，損壞
「気がつく」 notice 注意到
「窓口」 window 窗口

16 ばん　正解 1
スクリプト

男の人と女の人が宝くじについて話しています。男の人が宝くじを買わないのはどうしてですか。

F：宝くじ、今度は当たるかな。当たるといいな。
M：え？　買ったの？　宝くじ。へえ～、ぼくは買わない。
F：買わなければ、当たらないよ。
M：そうだね。で、いくら使ったの？
F：1万円。
M：そんなに？
F：いいでしょ。もし当たったら何を買おうかって考えるだけでも楽しいから。
M：でも、1万円あればいろんな物が買えるよ。食事に何回も行けるし。
F：当たれば、もっとすごいことができるよ。ハワイに別荘も買える。
M：だけど、もし100万円当たっても、それは、ただ運がよくてもらったお金だろ？　だから、あんまりありがたい感じがしないなあ。
F：ええ？　100万円当たったらありがたいよー。
M：ぼくは、自分で働いてお金をもらうほうがうれしいな。ほんとにありがたいお金だって感じがするから。
F：ふうん。そうか。

男の人が宝くじを買わないのはどうしてですか。

ポイント

① 「もし100万円当たっても、それは、ただ運がよくてもらったお金だろ？　だから、あんまりありがたい感じがしないなあ」＝宝くじ

が当たって 100 万円もらっても、あまり「ありがたい」と感じない。なぜなら、お金は運がよくてもらったというだけだから。 Even if I won a lottery for a million yen, I wouldn't feel so "grateful" because I only got the money out of good luck. 即使中獎得到 100 萬日元，也不太會覺得 "感激"。為什麼？因為這些錢只是因好運而來的。

② 「自分で働いてお金をもらうほうがうれしいな。ほんとにありがたいお金だって感じがするから」＝ただ運がよくてもらったお金よりも、自分で働いてもらうお金のほうが「ありがたい」と感じるから、うれしい。 I would feel happier with the money that I earn on my own through work than the money that I receive only from good luck. 比起單純靠運氣得來的錢，用自己努力掙來的錢才比較 ″感激″，所以這是值得高興的。

ことば

「宝くじ」 lottery (ticket)　彩券

「(宝くじが) 当たる」 win (a lottery)　中 (彩券)，中獎

「ハワイ」 Hawaii　夏威夷

「別荘」 villa, second house　別墅

「運がいい」 lucky　好運

「あんまり」＝あまり

「ありがたい」 thankful, grateful　感激，感謝

17 ばん　正解 2

スクリプト

女の人が話しています。女の人がやせるために今やっていることは何ですか。

F：先月病院に行ったら、「ちょっと太りすぎだから、体重を減らすように」って先生に言われたんです。毎日運動すればいいって、わかってるんですけど、その時間もないし……。それで、いろいろ方法を考えたんですが、夜 10 時よりあとには何も食べないことにしました。いちばん初めは、毎朝早く家を出て、となりの駅まで歩いて行ってたんです。だけど、疲れちゃって、会社に着いてから仕事にならないんで、3 日でやめました。それと、油っこいものをあまり食べないほうがいいことも、もちろんわかっていますけど、でもだめですねえ。やっぱり食べちゃうんです。それで、結

局、寝る前に食べる習慣をやめたんです。これだけは、今も続けています。

女の人がやせるために今やっていることは何ですか。

ポイント

① 「いろいろ方法を考えたんですが、夜 10 時よりあとには何も食べないことにしました」＝体重を減らす方法をいろいろ考えたが、夜遅い時間には何も食べないことに決めた。 I have thought about different ways to lose weight, and have decided not to eat anything late at night. 考慮了各種減輕體重的方法，決定晚上十點以後什麼都不吃。

② 「結局、寝る前に食べる習慣をやめたんです。これだけは、今も続けています」＝(となりの駅まで歩くこと、油っこいものを食べないことなどの方法でやせる努力をしたけれど、うまくいかなかった。) 結局、やめないで続けていることは、寝る前、夜遅い時間に食べないことだけだ。 (I have tried hard to lose weight by walking to the next station or not eating oily foods, etc., but they didn't work for me.) After all, the only thing that I am sticking to do is not to eat late at night before going to bed. (步行到鄰近車站，不吃油膩的東西等方法，做了很多瘦身的努力，但都沒有得到很好的效果) 結果持續實行的只有夜晚睡前不吃東西而已。

⚠

◇ 「やっぱり食べちゃうんです」＝(食べないほうがいいとわかっているのに、) でも食べてしまうんです。

ことば

「体重」 (body) weight　體重

「減らす」 decrease　減少

「方法」 method　方法

「仕事にならない」＝仕事ができない

「油っこい」 oily　油膩

「結局」 after all　結果，最後

18 ばん　正解 4

スクリプト

男の学生と女の学生が話しています。女の人の問題はどんなことですか。

F：あーあ。どうしようかなあ。

課題理解　ポイント理解　概要理解　発話表現　即時応答

M：え？　何があったの？

F：あのね、会計学の成績がねえ、Bだったの。

M：Bならいいじゃないか。今回の試験、難しかったから。

F：Bじゃだめなのよ。

M：あ、奨学金もらうんだったら、全部Aじゃないとだめなんだよね。

F：奨学金は関係ない。

M：じゃ、何が問題なの？

F：試験の前は、成績がAだったら専門は会計学にするつもりだったんだ。でもねえ、Bだったから……。

M：君さあ、専門を決めるときは、成績よりも、自分が本当にやりたいかどうかってことのほうが大事だよ。

F：もちろんやりたいことなんだけど、やりたいと思ってもできないことだってあるし……。

女の人の問題はどんなことですか。

ポイント

「何が問題なの？」「試験の前は、成績がAだったら専門は会計学にするつもりだったんだ。でもねえ、Bだったから……」＝成績がAなら会計学を専門にしようと考えていたが、成績がBだったので、その考えを変えなければならない。それが問題だ。I was planning to major in accounting if my grade was an A, but because I actually got a B, I need to change my plan. That's the problem.　如果成績是A，想選擇專攻會計學。但成績是B，所以不得不改變原來的想法。這就是問題的所在。　→専門がまだ決められない。

ことば

「**あのね**」：説明を始めるときや、親しい相手に対して話し始めるときに使う言葉。　used before beginning an explanation or starting a conversation with a close person　開始說明或和親密的人說話時用語。

「**会計学**」accounting　會計學

「**成績**」grade　成績

「**奨学金**」scholarship　獎學金

第4回

19 ばん　正解 1

スクリプト

会社で男の人と女の人が話しています。今週のミーティングでは何をしますか。

M：山田君、今週のミーティング、あさってだね？

F：はい。木曜日の午後2時からです。

M：ええっと、「この1週間の報告」は、いつもの通りにやって、そのあとで何か話し合いたいことある？先週話し合ったのは、「来月の目標」についてだったね。

F：そうですね……。あの、前から問題になっていましたよね。「職場の無駄をなくすこと」。これ、どうでしょう。

M：「無駄をなくすこと」か。ちょっとテーマが大きすぎるな。もう少し絞らないと。

F：そうですか。じゃ、「節約の方法」はどうでしょう。節約のためのアイデアを出してもらったら？

M：よし。じゃあ、みんなにアイデアを考えてきてもらおう。あ、そうだ、残業を減らす方法、これも前から問題になっていたよね。どうしたら仕事の能率を上げて、残業しないで早く帰れるか。これについても考えてもらおうか。

F：え？　両方はちょっと、時間が……。

M：ああ、そうか。じゃ、「残業を減らす方法」は次に回そう。

F：はい。

今週のミーティングでは何をしますか。

ポイント

① 「先週話し合ったのは、『来月の目標』についてだったね」→先週「来月の目標」について話し合った。

② 「『節約の方法』はどうでしょう。節約のためのアイデアを出してもらったら？」「よし。じゃあ、みんなにアイデアを考えてきてもらおう」→「節約の方法」について話し合う。

③ 「残業を減らす方法・・・これについても考えてもらおうか」「両方はちょっと、時間が……」→「節約の方法」と「残業を減らす方

法」の両方を話し合うと、<u>時間が足りなくなる。</u>

④「『残業を減らす方法』は次に回そう」→「仕事の能率を上げて残業を減らす方法」は、次の回に話し合う。　We will talk about "how we can work more efficiently and decrease overtime work" next time. 「提高工作效率，減少加班的的方法」，將在下次探討。

→今回は、話し合わない。　We won't talk about it this time.　這次不討論。

ことば

「ミーティング」meeting　會議
「報告」report　報告
「いつもの通りに」in the same way as usual　一如往常
「話し合う」discuss　商量，討論，探討，商議
「目標」goal　目標
「問題になる」become a problem　成為問題
「職場」workplace　工作單位，工作崗位
「無駄」waste　徒勞，無益，白搭，浪費
「なくす」remove, lose　失去，喪失，失掉
「テーマ」theme　主題，題目，課題
「(テーマを)絞る」narrow down (themes)　縮小(題目)的範圍
「節約」saving　節約
「アイデア」idea　主意，想法
「残業」overtime work　加班
「減らす」decrease　減少
「能率」efficiency, effectiveness　效率
「次に回す」move to next time　轉到一下一次，放到一下一次

20 ばん　正解 3

スクリプト

お父さんとお母さんが話しています。お母さんは何を心配していますか。

F（母）：ねえ、あなた、一度まさみとゆっくり話してよ。あの子、第二高校には行かないって言うの。

M（父）：え？　どうしたんだ？　あの高校でサッカーをやりたいってずっと言ってたじゃないか。

F：サッカーはもういいんですって。とにかく第三高校に行きたいって言うのよ。

M：第三高校か。あの高校はレベルが高いんだろう？

F：そう。勉強のレベルも高いし、スポーツもできるし。それはいいと思うんだけど。

M：じゃ、何が心配なんだ。

F：あのねー。第三高校に行きたいのは、制服がかわいいからなんですって。そんな理由で大事なことを決めるなんて……。自分の将来のことなのに。あの子は何を考えているのかしら。

M：ふうん。何かほかにも理由があるのかもしれないな。じゃあ、今晩ちょっと話してみよう。

お母さんは何を心配していますか。

ポイント

①「第三高校に行きたいのは、制服がかわいいからなんですって」＝娘は、制服がかわいいからという理由で第三高校に行きたいと言っている　My daughter wants to go to Daisan High School only because she thinks its school uniform is cute.　女兒說想去第三高中的理由是因為制服可愛。

②「そんな理由で大事なことを決めるなんて……。自分の将来のことなのに。あの子は何を考えているのかしら」＝自分の将来という重要なことを、制服というあまり重要ではないもので決める娘の考え方が私は理解できない。　I don't understand what's in my daughter's mind which makes her decide on her future based on such an unimportant reason as the school uniform.　我不能理解女兒以制服這樣不重要的理由，來決定關係到自己將來的如此重要事情的思考方式。

⚠

◇「サッカーはもういいんですって」＝娘は、高校ではサッカーはやらないと言っている。

◇「そんな理由で大事なことを決めるなんて」＝そんな小さい、重要ではない理由で大事な将来のことを決めるのは、よくない。　It's not good to decide on her future based on such a trivial unimportant reason.　用這樣微不足道、不重要的理由來決定將來的大事，實在是不好。

ことば

「サッカー」soccer　足球
「レベル」level　水準，標準
「スポーツ」sport(s)　運動
「あのね」：親しい相手に対して、説明を始めるときや話し始めるときに使う言葉。　used before

beginning an explanation or starting a conversation with a close person　對親密的說話對象開始說明或開始說話時的用語。

「制服」uniform　制服

「将来」future　將來

21 ばん　正解 2

スクリプト

マラソンのあとでアナウンサーが選手にインタビューをしています。マラソンの結果はどうでしたか。

F（アナウンサー）：お疲れさまでした。調子はいかがでしたか。

M（選手）：はい、体がよく動きましたし、悪くなかったです。

F：本当に、ゴールまであと3キロのところからの走りはすばらしかった。ゴール前1キロのところではトップでしたね。

M：ええ、でも、そのあと、アレックス選手に抜かれてしまいましたけど。

F：おしかったです。でも、すばらしい成績でした。お疲れさまでした。

マラソンの結果はどうでしたか。

ポイント

「ゴール前1キロのところではトップでしたね」「でも、その後、アレックス選手に抜かれてしまいましたけど」＝ゴールまであと1キロのところでトップになったけれど、そのあと、後ろから来たアレックス選手に抜かれた。　Though I became the lead runner one kilometer before the goal, I got overtaken later by Alex who was behind me.　離終點還有1公里處時跑在第一位，但之後被後來追上的艾力克斯選手超越了。　→2位になった。

⚠ ◇「抜かれた」＝後ろにいた人が自分より前に出た

ことば

「マラソン」marathon　馬拉松

「アナウンサー」announcer　廣播員

「選手」runner, player　選手

「インタビュー」interview　採訪

「結果」result　結果

「お疲れさまでした」greeting said to a person who just finished work　辛苦了

「調子」condition　狀態，情況

「ゴール」goal　終點

「トップ」top　第一名，第一位

「抜く」overtake, beat　追上，追過，勝過

「おしい」close　可惜

「成績」result, score　成績

22 ばん　正解 3

スクリプト

会社の人が話しています。この会社で必要な日本人社員はどんな人ですか。

M：うちの会社では、最近、外国の会社といっしょにする仕事が多くなりました。その結果、外国人社員も増えています。日本人の社員も外国語ができないと困るので、みんな英語やスペイン語や中国語を勉強しています。彼らは、もちろん、外国語の手紙や書類を読んだり書いたりできなければなりません。しかし、それ以上に大切なのは、ほかの社員と上手にコミュニケーションができることです。会社の中では、一人だけでする仕事はほとんどないからです。日本人にとって外国人社員と外国語でコミュニケーションをすることは、やさしいことではありません。でも、実は、日本人同士が日本語で行うコミュニケーションも同じくらい難しいのです。どちらもできる日本人社員がこれからはますます必要です。

この会社で必要な日本人社員はどんな人ですか。

ポイント

①「日本人にとって外国人社員と外国語でコミュニケーションをすることは、やさしいことではありません。でも、実は、日本人同士が日本語で行うコミュニケーションも同じくらい難しいのです」＝日本人が外国人と外国語でコミュニケーションするのは難しいけれど、日本人が日本人と日本語でコミュニケーションするのも、同じくらい難しい。　It is difficult for Japanese to communicate with foreigners using a foreign language, but it is as difficult for them to communicate with their fellow Japanese in Japanese.　日本人和

外國人用外語溝通很難，但是，日本人〝用日語和日本人溝通〞這件事，也同樣很難。

② 「どちらもできる日本人社員がこれからはますます必要です」＝外国語でも、日本語でも、どちらでもコミュニケーションができる日本人社員が必要だ。　Japanese company employees who can communicate both in a foreign language and Japanese are needed.　外語也好，日語也好，無論哪種語言，我們需要能溝通的日籍職員。

ことば

「社員」company employee　公司職員

「その結果」as a result　那個結果

「増える」increase　增加

「書類」papers, documents　文件

「コミュニケーション」communication　交流，溝通

「ほとんどない」almost none　幾乎沒有

「（日本人）にとって」for (Japanese)　對（日本人）來說

「実は」as a matter of fact　其實，實在

「（日本人）同士」fellow (Japanese)　（日本人）之間

「ますます」increasingly　越來越，更加

23 ばん　正解 4

スクリプト

男の人と女の人が話しています。女の人はどうしてこの場所に引っ越しましたか。

M：引っ越ししたんだってね。どう？

F：うん、部屋は新しくてきれいだし、近くに大型スーパーもあるから買い物も便利なのよ。

M：そう。いいね。

F：でも、それよりね、すぐ近くに畑があるの。

M：えっ、畑？

F：そう。だれでも借りられる畑。私ねえ、前から自分で野菜を作ってみたいと思ってたんだ。

M：へえ、野菜作りが夢だったんだね。

F：うん、その夢が本当になるのよ。

M：そういうことで引っ越ししたの？

F：そう。会社から遠くなったけどね。

女の人はどうしてこの場所に引っ越しましたか。

ポイント

① 「それよりね、すぐ近くに畑があるの」「だれでも借りられる畑」＝（部屋が新しくてき

れいで、買い物に便利だということよりも）もっといいことがある。それは、近くで畑が借りられることだ。　There's something better (than the fact that the room is new and clean and the place is convenient for shopping). It is that I can rent a piece of farm nearby.　（比起房子新又漂亮，買東西方便）更好的是，能租賃附近的田地。

② 「そういうことで引っ越ししたの？」「そう」→畑を借りて野菜を自分で作るという夢が実現できるので、引っ越しした。　I moved here because I could make my dream of renting a piece of farm and grow vegetables there on my own come true.　因為能租賃田地，實現自己種菜的夢想，所以搬家了。

ことば

「大型スーパー」large supermarket　大型超市

「畑」field, farm　田地

「本当になる」＝実現する　come true　實現

24 ばん　正解 4

スクリプト

女の学生と男の学生が話しています。男の学生がサークルに入らないのはどうしてですか。

F：ねえ、ゴルフサークル、入るでしょ？　今日、申し込みに行かない？

M：うーん、ごめん、おれはちょっと……。ゴルフはやらないことにした。

F：えー？　そうなの？　なんで？　この間、「やってみておもしろかった」って言ってたじゃない。

M：うん、まあ、確かに楽しかったけど……。

F：練習はけっこう大変みたいだね。

M：ああ。でもまあ、あれぐらいなら別に……。

F：じゃあ、なんで？　先輩たち、きびしいかと思ってたけど、そんなことなかったよね。

M：うん、でも、おれ、今週からバイト始めるんだ。それも、二つ。だから時間が……。

F：え？

M：できれば留学したいと思ってるんで、その準備。

F：ふうん、そうだったの。それは残念。

男の学生がサークルに入らないのはどうしてですか。

ポイント

「おれ、今週からバイト始めるんだ。それも、二つ。だから時間が……」＝アルバイトを２つするから、時間がない。

⚠

◇「でもまあ、あれぐらいなら別に……」＝（練習は）あの程度なら、そんなにきびしいとは思わない。だいじょうぶだ。 I don't think that much of it (practicing) will be so hard, no problem. 如果是那種程度的（練習），我想並不嚴酷。沒關係。

◇「できれば留学したいと思ってるんで、その準備」→留学はまだ決まっていない。留学したいと思っているだけ。 I haven't decided to do a study abroad. I'm just thinking about it. 還沒有決定去留學的事。只是想要去留學。

ことば
「サークル」 circle, club　社團，團體
「ゴルフ」 golf　高爾夫
「申し込み」 application　申請
「確かに」 certainly, for sure　確實
「けっこう」＝思ったより more…than one thought 比想像的更〜
「おれ」＝ぼく
「バイト」＝アルバイト
「できれば」 if possible　可能的話
「留学する」 study abroad　留學

第5回
25ばん　正解3
スクリプト
男の人と女の人が話しています。この町はどのように変わりましたか。

M：久しぶりにここへ来たんですが、町がすっかり変わっていて、びっくりしました。
F：ええ、５年前に駅が大きくなってから、新しいビルもどんどん増えているんです。
M：ずいぶんにぎやかになりましたね。前はさびしいくらい静かだったのに。
F：ええ。以前は何もない町で、人口もどんどん減っていたんです。それで、人を増やすために、まず駅を大きくしたんです。
M：大きなショッピングセンターも駅前にできて。
F：ええ、そしたら、周りの町から人が来るようになりましたし、ほかの町から引っ越してくる人も増えています。
M：よかったですね。
F：ええ、確かに生活が便利になったのはよかったんですが、自然環境が変わってしまってね。「前のように緑がたくさんある環境のほうがよかった」と言う人も多いんですよ。
M：そうですか。でも、自然環境を前の状態に戻すというのも、難しいでしょうね。

この町はどのように変わりましたか。
ポイント
①「ほかの町から引っ越してくる人も増えています」＝人が増えた。
②「自然環境が変わってしまってね。『前のように緑がたくさんある環境のほうがよかった』と言う人も多いんですよ」→前は緑がたくさんあった。しかし、自然環境が変わってしまって、緑が減った。There used to be a lot of greens before, but they decreased after the natural environment has changed.　以前是一片碧綠。但是，自然環境發生了變化，綠色（植物）減少了。

⚠
◇「さびしいくらい静かだった」＝とても静かだった
◇この会話で言う「自然環境」とは「緑（植物）が多いか少ないかという状態」。The "自然環境 (natural environment)" used in this conversation means "the condition in the amount of greens (plants)". 這段會話中的〝自然環境〞是指〝綠（植物）的多寡〞狀態。

ことば
「久しぶりに」 for the first time in a long time　很久，許多
「増える」 increase　增加，增多
「以前」 before　以前
「減る」 decrease　減少
「増やす」 increase　增加，繁殖
「ショッピングセンター」 shopping center, shopping mall　購物中心
「自然」 nature　自然
「環境」 environment　環境
「緑」＝木
「状態」 condition　狀態
「戻す」 return　回到，恢復

26 ばん　正解 1

スクリプト

男の人と女の人が話しています。女の人が新しい携帯電話を買っていちばんよかったと思っていることは何ですか。

M：あ、新しい携帯電話、買ったの？

F：うん。ほら、かわいいでしょ？

M：うん。で、使ってみて、どう？

F：電話もメールも前のよりも使いやすくなってるね。それに、写真もきれいに撮れる。

M：うん。

F：おもしろいアプリも入れられるし。

M：ああ、便利なアプリがいろいろあるよね。

F：そう。私、家が遠いから電車に乗ってる時間が長いでしょ？　でも、ゲームやってると退屈しないのよ。

M：わかる。始めると夢中になっちゃうんだ。

F：うん。前は電車でいつも寝てたけど、今は楽しんでる。買ってよかったな。

M：あ、おすすめのアプリがあったら、情報、よろしく。

女の人が新しい携帯電話を買っていちばんよかったと思っていることは何ですか。

ポイント

① 「私、家が遠いから電車に乗ってる時間が長いでしょ？　でも、ゲームやってると退屈しないんだ」＝電車に乗っている時間が長くても、ゲームをやっていると退屈しない。→電車の中でゲームを楽しんでいる。

② 「前は電車でいつも寝てたけど、今は楽しんでる。買ってよかったな」＝この電話を買う前は電車の中で寝ていた。今は寝ないでゲームをやって楽しんでいる。だから、新しい携帯電話を買ってよかった。

⚠

◇「情報、よろしく」＝おもしろいアプリがあったら、教えてください。

ことば

「携帯電話」cellphone　手機

「メール」email　郵件

「アプリ」application　應用軟體

「アプリを入れる」install an application　載程式，安

装應用軟體

「ゲーム」game　遊戲

「退屈する」be bored　無聊，厭倦

「夢中になる」be crazy/excited　熱衷，入迷

「おすすめ」recommendation　推薦

「情報」information　情報，資訊

27 ばん　正解 3

スクリプト

男の人と女の人が話しています。男の人がマンションを買わないのはどうしてですか。

M（田中）：ボーナス、もう出た？

F：うん、出た。でも、去年よりかなり下がった。景気が悪いから、しょうがないけど。

M：うちの会社なんて、去年の半分だよ。

F：ええ？　それじゃ大変ね。田中君、マンション買いたいんでしょう？

M：前はそう思っていたんだけど。

F：そうねえ、景気がこんなだから。世の中、これからどうなるかわからないし。

M：うん、でもね、金の問題じゃないんだ。

F：え？

M：あの……、ぼくたち夫婦がどうなるかっていう問題。

F：ええ？　あんなに仲がよかったじゃない。どうしたの？

男の人がマンションを買わないのはどうしてですか。

ポイント

① 「景気がこんなだから。世の中、これからどうなるかわからないし」＝景気がこんなに悪いから、社会も変わってしまうかもしれない。　Because the economy is so bad, the society itself may change as well.　景氣那麼不好，社會也可能會改變。

② 「ぼくたち夫婦がどうなるかっていう問題」＝問題は夫婦の関係だ。→関係が悪くなって、二人は別れるかもしれない。

⚠

◇「あの……」：すらすら言えないとき、言いよどむときに、はじめに言う言葉。〈話し言葉〉used at the beginning when one cannot say things fluently or when stammering〈colloquial〉　不能流利地說

課題理解　ポイント理解　概要理解　発話表現　即時応答

話、呑呑吐吐地說話時，開頭（開始說話時）所使用的詞語。（口語）

◇ 「あんなに仲がよかったじゃない。どうしたの？」＝前はとても仲がよかったのに、どうして仲が悪くなったのだろう。

「マンション」condominium, apartment　公寓

「ボーナス」bonus　獎金，紅利

「景気(けいき)」economy　景氣

「世の中(よのなか)」this world, current society　世上，世間，社會

「夫婦(ふうふ)」husband and wife　夫婦

「仲(なか)」(friendly) relationship　交情，關係

28 ばん　正解 3

スクリプト

教室で学生が話しています。男の学生はどんなテーマのレポートを書きますか。

F （本田(ほんだ)）：ねえ、山田(やまだ)君、「日本文化」のレポートのテーマ、もう決めた？

M （山田(やまだ)）：まだ。最初(さいしょ)は、すもうか柔道(じゅうどう)にしようと思ったけど、書けなくて。

F ：知ってるつもりでも、レポートに書けるほどじゃないこと、多いよね。

M ：そう。それで、先輩(せんぱい)が去年レポート書いたときに使った本を借りたんだ。まだ読んでないけど、日本の祭(まつ)りについての参考書(さんこうしょ)。

F ：お祭(まつ)り？　あ、それ、おもしろいね。

M ：あとは、歌舞伎(かぶき)もいいかなって思ってるんだ。日本文化の代表(だいひょう)だから。本田(ほんだ)さんは？

F ：私は「食文化(しょくぶんか)」にしようと思ってるの。寿司(すし)がどんなふうに変わってきたか、おもしろそうでしょ。資料(しりょう)も参考書もたくさんあるから、楽(らく)に書けそうなんだ。

M ：へえ、寿司(すし)の歴史(れきし)か。いいね。やっぱり資料や参考書があれば、書きやすいよな。じゃ、ぼくも決めた。参考書があるし、先輩からアドバイスももらえるし。

男の学生はどんなテーマのレポートを書きますか。

ポイント

① 「先輩が去年レポート書いたときに使った本を借りたんだ ・・・ 日本の祭りについての参考書」＝先輩から日本の祭りの参考書を借り

た。　I borrowed a reference book on Japanese festivals from my senior.　從學長那裡借了有關日本祭典的參考書。

② 「資料も参考書もたくさんあるから、楽に書けそうなんだ」＝資料や参考書があれば、書くのが楽そうだ。→資料や参考書があるテーマがいい。

③ 「ぼくも決めた。参考書があるし、先輩からアドバイスももらえるし」＝先輩から借りた本があるし、先輩からアドバイスも受けられる。「祭り」のテーマなら楽に書けそうだから、「祭り」に決めた。I have decided on the theme "festivals" because I think I can write about it easily using the book I borrowed from my senior and receiving some advice from him.　從學長那裡借了書，也能夠從學長那裡得到建議。以〝祭典〞為題目的話，似乎能夠很容易地寫出來。所以就決定寫〝祭典〞了。

ことば

「テーマ」theme, topic　主題，題目

「レポート」report　報告

「すもう」sumo wrestling　相撲

「柔道(じゅうどう)」judo (Japanese martial art)　柔道

「祭(まつ)り」festival　祭典

「参考書(さんこうしょ)」reference book　參考書

「歌舞伎(かぶき)」kabuki (Japanese traditional form of drama and music)　歌舞伎

「代表(だいひょう)」leading example　代表

「食文化(しょくぶんか)」food/diet culture　飲食文化

「寿司(すし)」sushi　壽司

「どんなふうに」＝どのように

「資料(しりょう)」material　資料

「楽(らく)(な)」easy　容易，輕易，快樂

「歴史(れきし)」history　歷史

「アドバイス」advice　建議

29 ばん　正解 4

スクリプト

男の人が話しています。この人はどうして自転車(つうきん)で通勤することにしましたか。

M ：私は最近(さいきん)、会社に自転車で行ってるんですよ。電車はやめました。自転車で通勤する人、増(ふ)えてますね。その理由(りゆう)は、まず、交通費(こうつうひ)が節約(せつやく)できて経済的(けいざいてき)だということでしょう。それから、運動になるので体にいい

ということもあります。この二つの点を考えて、私も自転車にしたんです。ところが、実際に自転車通勤を始めてから、意外な新しい楽しみができたんですよ。それはね、町を走りながら、ちょっと変わった店を見つけたり、それから、感じのいい建物の写真を撮ったりすることなんです。自転車なら、いつでもどこでも止めることができるでしょう？　自転車通勤を始めるまでは、こんな楽しみがあることを知りませんでしたね。

この人はどうして自転車で通勤することにしましたか。

ポイント

① 「その理由は、まず、交通費が節約できて経済的だということでしょう」＝自転車で通勤する人が増えている理由は、第一に経済的だということだ。

② 「それから、運動になるので体にいいということもあります」＝第二の理由は、体にいいということだ。

③ 「この二つの点を考えて、私も自転車にしたんです」＝自分も、この二つの点を考えて自転車通勤を始めた。→自転車通勤を始めた理由は、経済的で体にもいいということだ。

⚠

◇ 「実際に自転車通勤を始めてから、意外な新しい楽しみができたんですよ。・・・自転車通勤を始めるまでは、こんな楽しみがあることを知りませんでしたね」＝自転車通勤を始めるまでは、変わった店を見つけたり、建物の写真を撮ったりする楽しみがあることを知らなかった。　I didn't know till I started commuting to work by bicycle that there was such fun as finding interesting stores or taking pictures of some buildings.　還沒有開始騎腳踏車上下班前，從不知道發現特殊的店或是拍攝建築物的相片是一件有趣的事。

→新しい楽しみがもてたのは自転車通勤を始めた結果で、目的ではない。It is not the purpose but the result of my starting commuting by bicycle that I could find new enjoyment.　產生新的樂趣是騎腳踏車上下班後的結果，不是目的。

ことば

「通勤する」commute to work　通勤，上下班
「増える」increase　增加
「(交通)費」(transportation) fee　（交通）費
「節約する」save, be thrifty　節約，節省
「経済的(な)」economical　經濟（的）
「ところが」＝しかし
「実際に」actually　實際上
「意外(な)」unexpected　意外（的）
「楽しみ」＝楽しいこと
「(楽しみが)できる」find (new enjoyment)　產生（樂趣）
「感じのいい」nice-looking　感覺好

30 ばん　正解 2

スクリプト

男の人と女の人が話しています。男の人は、この企画のどんな点がよくないと言っていますか。

M（上司）：木村さん、君が作った新しい商品の企画書、読んだよ。でもね、この企画はちょっと難しいな。

F（部下）：え？　どういう点でしょうか。説明が難しくてわかりにくいでしょうか。

M：いや、企画書の書き方の問題ではない。

F：じゃ、内容に何か問題が？

M：うーん、この商品ねえ、こういうものなら、もう、ほかの会社で作ってるよ。

F：はあ。

M：うちで作りたいのは、消費者があっと驚くようなものなんだ。

F：そうですか……。はい。

男の人は、この企画のどんな点がよくないと言っていますか。

ポイント

① 「この商品ねえ、こういうものなら、もう、ほかの会社で作ってるよ」＝この企画書の商品のようなものは、ほかの会社でもう作っている。→今までの商品と変わらない。だから、消費者は驚かない。　Such a product as the one in this project report is already being made by other companies. →It is no different from the same old traditional product, so consumers will not be impressed.　和這份企劃書上類似的商品，別的公司已經有在製造

課題理解｜ポイント理解｜概要理解｜発話表現｜即時応答

了。→和目前為止的商品沒什麼不同，所以，消費者不會覺得吃驚。

② 「うちで作りたいのは、消費者があっと驚くようなものなんだ」→この会社は、消費者が驚くような、全く新しい商品を作りたいと考えている。This company is planning to make a completely new product that can astonish consumers. 這間公司想要製造出能讓消費者大吃一驚的全新商品。

⚠️

◇ 「消費者があっと驚くようなもの」＝今まであったものとは全然違う、新しいもの something that can astonish consumers 讓消費者感到讚嘆和驚奇的東西

ことば

「企画」project 規劃，計畫
「上司」one's boss 上司
「商品」merchandise 商品
「企画書」project report 計劃書，規劃書
「部下」one's subordinate 部下
「内容」contents, details 內容
「消費者」consumer 消費者
「あっと驚く」＝とても驚く

概要理解

第1回

1ばん　正解 3

スクリプト（下線は p. 40 の答え）

ラジオで男の人が話しています。

M：ご家族でゆっくりと①泊まっていただける広い②お部屋をご用意いたしました。寒い季節にぴったりの温かくておいしいお食事も③それぞれのお部屋にお持ちします。みなさま、ご家族でどうぞ。

男の人は何をしていますか。
1　レストランの紹介
2　自宅への招待
3　旅館の紹介
4　町の案内

①②からわかること：男の人は泊まるところの話をしている。→レストランではない。

③からわかること：泊まる部屋で食事をする。→自分の家ではない。→ホテルか旅館である。

②③からわかること：町の案内ではない。

2ばん　正解 3

スクリプト（下線は p. 41 の答え）

男の人と女の人が話しています。

M：このかばん、インターネットショッピングで買ったんだ。いいだろ？

F：えー、でもインターネットで買い物するのって、ちょっと危なくない？　商品を①手に取ってみることができないし。

M：でも、便利だよ。簡単に②店が探せるし、③値段を比べることもできるし……。店員にあれこれ④すすめられたりもしないし。出かけなくても⑤家で買い物ができるからね。

F：でも、店だったらすぐに⑥持って帰れて、商品を送る⑦お金もとられないし。

M：まあね。どの方法にもいいところ悪いところがあるからね。上手に使えば、やっぱり⑧便利でいいと思うよ。

F：⑨それはそうだけど、注意は必要よ。

女の人はインターネットショッピングについてどう思っていますか。
1　上手に使えば便利でいい
2　悪いところはない
3　いいところもあるが、危険もある
4　いいところもあるから使ってみたい

ことば

「インターネットショッピング」online shopping
線上購物

「商品」merchandise　商品

「あれこれ」＝いろいろ

「すすめる」recommend　推薦

①⑥⑦からわかること：女の人はインターネットの買い物はよくないと思っている。

②③④⑤からわかること：男の人はインターネットで買い物するのはいいと思っている。

⑧からわかること：男の人は、悪い点をよく理解してうまく使えば、便利でいいと言っている。

⑨からわかること：女の人はいい点もあることを認めているが、悪いところがあるから注意しなければいけないと言っている。

◇「商品を手に取ってみることができない」
cannot hold with your hand(s) and see the merchandise
不能將商品拿在手上看

◇「店員にあれこれすすめられたりもしない」
you will not be bothered by a store clerk recommending this and that　也不會被店員推薦各種商品

3ばん　正解 1

スクリプト（下線は p. 42 の答え）

女の人がテレビで話しています。

F：これが新しく発売するケーキです。ふつうパンやケーキには①小麦粉が使われますが、このケーキには②米粉を使いました。米粉って、ご存じですか。③お米から作った粉です。食べたときに④さっぱりした感じがします。いろいろな料理に⑤使いやすく、小麦粉よりも⑥健康にいいと言われています。日本では、米粉は昔からせんべいやだんごなどの⑦お菓子に使われてきました。最近ではパンや麺など、⑧いろいろな

食品に使われるようになっています。私は今、⑨ケーキに使う研究をしているんです。

女の人は何について話していますか。
1 米粉はどんなものか
2 米粉がどうして健康にいいか
3 米粉と小麦粉はどこが違うか
4 どうやって米粉の研究をするか

ことば

「発売する」be put on the market　出售，發售
「小麦粉」flour　麵粉，小麥粉
「米粉」rice flour　用米製成的粉
「さっぱりする」tastes light　清淡，清爽
「健康」health　健康
「せんべい」「だんご」：日本の伝統的な菓子 Japanese traditional snack　日本傳統的糕點，點心
「菓子」confectionery　糕點，點心
「麺」noodles　麵，麵條

🔊

①②からわかること：女の人は米粉を使ってケーキを作った。
③からわかること：米粉は米から作った粉だ。
④⑤⑥からわかること：米粉のいい点を言っている。
⑦⑧からわかること：米粉が使われる食品を言っている。
⑨からわかること：女の人は米粉をケーキに使う研究をしている。
③④⑤⑥⑦⑧：女の人は米粉がどんなものかについて話している。

⚠
◇「米粉って、ご存じですか」＝米粉を知っていますか〈尊敬表現 honorific　尊敬表現〉

第2回
4ばん　正解2

スクリプト（下線は p. 43 の答え）
男の人と女の人が話しています。

M：最近よく図書館に行っているそうだね。①試験勉強？
F：②そうじゃないんだけど……。
M：あそこの図書館、③めずらしい本が多いとか？
F：めずらしい本が多いかどうかは④わからな

いけど。実はね。
M：え、何？
F：あそこの2階の⑤コーヒー、すごく⑥おいしいのよ。もちろん勉強にぴったりの⑦机といすもちゃんとあるし。本を読んだりレポートを書いたりするのに⑧疲れたちゃったときに飲むコーヒーは⑨最高。
M：そうか。ぼくも一度行ってみようかな。

女の人は図書館についてどう思っていますか。
1 めずらしい本が多い
2 おいしいコーヒーが飲めて、いい
3 レポートが書きやすい
4 試験勉強にはよくない

ことば

「試験勉強」studying for an exam　（讀書）準備考試
「実は」I'll tell you what　其實，實在
「ぴったり」perfect, just right　正合適，恰好

🔊

①③からわかること：男の人は女の人がどうして図書館へ行くのかを聞いている。
②からわかること：女の人が図書館へ行くのは試験勉強をするためではない。
④からわかること：めずらしい本があるから図書館へ行くのではない。→めずらしい本がある図書館だとは思っていない。
⑤⑥からわかること：おいしいコーヒーが飲めるからいいと思っている。
⑦からわかること：机やいすがあるので、勉強ができる。
⑧⑨からわかること：疲れたときにコーヒーが飲めるのはとてもいいと思っている。

⚠
◇「実はね」＝実を言うと　To tell the truth　說實話：「これから本当のことを言います」という意味。　means "I'm goint to tell you the truth"　〝現在開始說實話〟的意思。
◇「最高」＝非常にいい　excellent　非常好

5ばん　正解1

スクリプト（下線は p. 44 の答え）
男の人が話しています。

M：明日、①朝8時半にここに集まってくださ

い。簡単に②ミーティングをしてから、みんなでいっしょにコンサート会場に③移動します。田中さんと川田さんは会場の入り口で④受付の準備をお願いします。会場の準備はだいたい⑤終わりましたから、明日は会場に着いたらそれぞれ⑥自分の仕事をやってください。何か問題があったときには、すぐに私に連絡すること。特に⑦楽器のチェックはしっかりしておいてください。明日は絶対に成功させましょう。

男の人は何について話していますか。
1　コンサートの日の朝にすること
2　コンサート会場への行き方
3　コンサート会場の準備のしかた
4　コンサートの前の日に準備すること

ことば

「ミーティング」meeting　會議
「コンサート」concert　音樂會
「移動する」move (to another place)　移動（到某場所）
「問題がある」there's a problem　有問題
「楽器」(musical) instrument　樂器
「成功する」be a success　成功

💡
①からわかること：明日の朝8時半に、今いる場所に集まる。
②からわかること：明日の朝、今いる場所でミーティングをする。
③からわかること：ミーティングのあと、コンサート会場へ行く。
④⑥⑦：明日コンサート会場に着いたらすること。
⑤からわかること：会場の準備はもうできたから、明日はしない。

⚠
◇「簡単にミーティングをして」having a brief meeting　開個簡單的會議
◇「それぞれ自分の仕事をやってください」each of you please do your own work　請各自做自己的工作
◇「すぐに私に連絡すること。」＝すぐ私に連絡してください。
　「〜こと。／〜ないこと。」＝〜してください／してはいけません：指示をしたり、注意をしたりするときの表現。used when giving a direc-

tion or warning　提出指示或提醒、警告時的表現。
例：「パスポートを忘れないこと。」「遅刻をしないこと。」

6ばん　正解2

スクリプト（下線は p. 45 の答え）
ラジオで女の人と男の人が話しています。

F：それでは、木村さんのご趣味についてうかがいます。木村さんはウォーキングをなさっているそうですね。

M：ええ、2年前30年勤めた①会社をやめて、何か新しいことを始めようと思って、②ウォーキングを始めました。初めは近所を一人で③一時間ぐらい歩く程度だったんですが、そのうちよく顔を合わせる人たちと④いっしょに歩くようになり、その人たちとウォーキングの⑤会を作ることになりました。今では会員も増えて、月に5、6回20人前後がいっしょに近所の公園の周りを4、5キロ歩いています。そこで仲間と⑥いっしょに過ごす時間が、今では私の⑦いちばんの楽しみになっています。

男の人が言いたいことは何ですか。
1　ウォーキングは健康にいい
2　ウォーキングでいい仲間ができた
3　ウォーキングはとても人気がある
4　ウォーキングの会に入れた

ことば

「勤める」work (for a company)　工作
「ウォーキング」walking　走路
「程度」level, degree　程度
「顔を合わせる」see someone (regularly)　碰面，見面
「会を作る」set up a club　成立協會
「会員」club member　會員
「〜前後」＝〜ぐらい
「仲間」fellow member　同志，夥伴，朋友
「過ごす」spend time　過，度過

💡
①②からわかること：仕事をやめたあと、ウォーキングを始めた。
③からわかること：初めは近所を一人で歩いていた。

課題理解　ポイント理解　概要理解　発話表現　即時応答

④からわかること：ウォーキングで知り合った
人といっしょに歩くようになった。

⑤からわかること：ウォーキングの会を作った。

⑥⑦からわかること：会員といっしょにいる時
間がいちばん楽しい。

⚠

◇「月に5、6回」＝1か月に5回か6回ぐらい
five or six times a month　每個月5、6次

◇「20人前後」＝20人ぐらい

第3回

7ばん　正解3

スクリプト（下線は p. 46 の答え）

テレビでアナウンサーが話しています。

F：今日は①寒い一日でした。日本のあちこち
で雪が②降りましたが、今朝の富士山はき
れいに晴れました。こちらをご覧くださ
い。ちょうど富士山の上から太陽が③出て
きていますね。これは、④ダイヤモンドの
指輪が美しく光っているようなので、「ダ
イヤモンド富士」と呼ばれています。あ、
光が⑤強くなってきましたね。冬のこの時
期に⑥数日間しか見られないものです。⑦
ご覧ください。今朝も「ダイヤモンド富
士」の写真を撮るために、こんなに多くの
⑧カメラマンが集まりました。

アナウンサーは何を見て話していますか。

1　富士山
2　富士山の写真
3　富士山のビデオ
4　ダイヤモンドの指輪

ことば

「富士山」：日本でいちばん高い山の名前。

「ダイヤモンド」diamond　鑽石

「時期」season, period　時期

「数日間」for a few days　幾天時間

「カメラマン」cameraman　攝影師

📷

①②からわかること：今は夜。女の人は夜のテ
レビ番組で話している。

③からわかること：今テレビには富士山の山頂
から出る朝日が映っている。The rising sun ap-

pearing from the top of Mount Fuji is being shown on
TV.　現在電視上正在放映從富士山山頂升起的旭日。

④からわかること：富士山の日の出がダイヤモ
ンドの指輪のように見える。ダイヤモンドの
指輪が映っているのではない。The sunrise from
Mount Fuji looks like a diamond ring. It does not mean
a diamond ring is being shown.　富士山的日出看起來
像鑽石戒指。並不是指在放映鑽石戒指。

⑤からわかること：太陽の光が強くなっている
のがわかる。→テレビの映像は動いている。
The picture on the TV is moving.　電視的映像在閃動。
→写真ではない。

⑥からわかること：富士山の日の出がダイヤモ
ンドの指輪のように見えるのは、冬の数日間
だけだ。

⑦⑧からわかること：テレビに今朝カメラマン
が集まったところが映っている。The scene of
cameramen gathering this morning is showing on TV.
電視上放映著今天早上攝影家聚集的鏡頭。

⚠

◇「今朝の富士山はきれいに晴れました」＝今
朝の富士山の天気はとてもよかった

8ばん　正解2

スクリプト（下線は p. 47 の答え）

学生と、アパートの大家さんが話しています。

F（大家）：あのう、大家の鈴木ですが……。

M（学生）：はい。

F：あのう、ちょっと言いにくいんですが
……。最近、①遅くまでテレビを見ている
でしょう？

M：えっ。テレビですか。②そんなに見ていま
せんよ。

F：実はね、ほかの部屋の人から、③音がうる
さいって言われているんだけど……。いえ
ね、テレビを見ちゃいけないって④言って
いるんじゃなくて、ただ、もう少し、⑤音
を低くしてもらえないかって思って……。

M：あっ、もしかして……。実は⑥スピーチコ
ンテストに出るんで、夜、⑦部屋で練習し
ているんです。それで⑧大きな声を出して
いたかもしれません。すみません……。

F：そうでしたか。⑨テレビじゃなかったんで

すね。
M：申し訳ありませんでした。これからは気をつけます。

大家さんが言いたかったことは何ですか。
1　夜遅くまでテレビを見ないでほしい
2　テレビの音を小さくしてほしい
3　大きな声を出さないでほしい
4　スピーチの練習をしないでほしい

ことば
「大家」landlord　房東
「スピーチ」speech　演說

①②からわかること：大家さんは学生が遅くまでテレビを見ていると思っていたが、学生はそれほど見ていないと言っている。
③からわかること：大家さんはほかの部屋の人から学生の部屋の音がうるさいと言われて、学生の部屋に来た。
④⑤からわかること：音を小さくすればいい。
⑥⑦⑧からわかること：学生は部屋で大きな声でスピーチの練習をしていた。
⑨からわかること：うるさい音はテレビではなく、学生の声だった。

◇「音を低くしてもらえないかって思って……」→大家さんは音を小さくしてほしいと学生に言っている。
◇「もしかして～」＝～かもしれない
◇「テレビじゃなかったんですね」＝「テレビの音ではなかったことがわかりました」

9ばん　正解2
スクリプト（下線はp.48の答え）
男の人と市役所の職員が話しています。

M：あのう、すみません。あそこに書いてある「さわやかスタッフ」って何ですか。
F（職員）：あ、はい。こちらの市役所には、「さわやかスタッフ」が①4人います。市民のみなさまは、いろいろなご用で市役所へ来られますが、手続きをする前に②申し込み用紙に必要なことを書いていただかなければならなかったり、③ご準備いただく

ものがあったりします。「さわやかスタッフ」は、市役所に来られたみなさまが④お困りになることがないように、ご案内をしたり、⑤お手伝いをしたりします。

「さわやかスタッフ」というのは何ですか。
1　市役所で手続きをする人
2　市役所の手続きを手伝う人
3　手続きに必要なものを準備する人
4　市役所で申し込み用紙を書く人

ことば
「市役所」city office　市政府
「さわやか（な）」refreshing, helpful　清爽，爽快
「スタッフ」staff　工作人員，職員
「手続き」procedure　手續
「申し込み用紙」application form　申請表

①からわかること：「さわやかスタッフ」は何かをする係の人のこと。
②③からわかること：市役所では手続きをする前にしなければいけないことや、準備しなければいけないものがある。
④⑤からわかること：「さわやかスタッフ」は市民が困らないように教えたり、手伝ったりする。→手続きはしない。

◇「お困りになることがないように」＝困らないように〈尊敬表現 honorific　尊敬表現〉

第4回
10ばん　正解1
スクリプト（下線はp.49の答え）
男の人が本屋で話しています。

M：すみません。「だれにもわかる世界の経済」という①本ありますか。
F：あ、すみません。先週まであったんですが、もう②全部出てしまったんです。
M：え、そうなんですか。
F：また③来週か再来週に入ってくる予定ですけど。
M：う～ん、来週か再来週か。困ったなあ。再来週が④レポートのしめ切りなんです。⑤今週中には無理ですか。

F：そうですね。⑥いつ入るか調べて、お知ら
　せしましょうか。
M：そうですか。だめだったら、レポートのし
　め切り、⑦延ばしてもらわなきゃいけない
　んで、よろしくお願いします。

男の人はどうしたいと思っていますか。
1　今週中に本を買いたい
2　来週までに本を買いたい
3　再来週までに本を買いたい
4　レポートのしめ切りを延ばしてもらいたい

ことば
「しめ切り」deadline　截止（日）
「延ばす」put off　延長・延期

①からわかること：男の人は本を買いに来た。
②からわかること：この店の本は売り切れてし
　まった。
③からわかること：来週か再来週なら本がある。
④⑤からわかること：再来週までにレポートを
　書かなければならないので、今週中に本がほ
　しい。
⑥からわかること：店の人はいつ本が来るかを
　調べて男の人に電話する。
⑦からわかること：今週中に本が来ない場合
　は、先生にレポートの締め切りを延ばしても
　らえるように頼まなければいけない。→いつ
　本が来るかどうか早く知らせてほしい。

◇「全部出てしまった」＝全部売り切れてしま
　った→もう残っていない。　all the books sold
　out→nothing remains　全部售完了→沒有剩餘的
◇「入ってくる」＝（店に本が）来る
◇「延ばしてもらわなきゃいけないんで」＝
　（レポートの締め切りを先生に）遅くしてもら
　えるように頼まなければいけないので　because
　I need to ask (my teacher) to put off (the deadline of my
　report)　必須要向（老師）請求延後（報告的截止
　日期）
　「（もらわ）なきゃ」＝「（もらわ）なければ」

11 ばん　正解 3
スクリプト（下線は p.50 の答え）
女の人が電話で話しています。

F：そうなのよ、私もね、昨日の夜、聞いたば
　かりなの。主人も①びっくりしたらしいけ
　ど、今はずっと②やりたいと思っていた仕
　事ができるって言って喜んでいるわ。でも
　急でびっくりしちゃった。主人は今月の終
　わりに③先に1人で行って、私と子どもた
　ちも来月にはここを④出なきゃいけないん
　ですって。まあ、住むところは会社が⑤探
　してくれるらしいし、⑥便利な町みたいだ
　から、あまり⑦心配はしてないんだけど
　……。⑧子どもたちがね。下の子は小学校
　の4年生、上の子が中学2年生で、⑨サッ
　カーのクラブとか高校の⑩受験とか、いろ
　いろあって、⑪それが心配なのよね。

女の人は何について話していますか。
1　夫が会社をやめること
2　家族の様子
3　引っ越し
4　子どもの受験

ことば
「クラブ」club　倶樂部
「受験」taking an entrance exam　應考・應試

①②③からわかること：女の人の夫が転勤をす
　ることになった。The woman's husband is going to
　be transferred (at work).　女子的丈夫要調動工作了。
③④からわかること：女の人の家族は全員引っ
　越しをする。
⑤⑥⑦からわかること：引っ越すところについ
　ては心配していない。
⑧からわかること：子どもたちのことには問題
　がある。
⑨⑩⑪からわかること：子どものことが心配だ。

◇「でも急でびっくりしちゃった」＝急にこの
　こと（夫の仕事が変わること）を聞いてびっ
　くりした。　I was surprised to hear it (that my hus-
　band's job is going to change) so suddenly.　突然聽到
　這件事（丈夫要調動工作的事），嚇了一跳。
◇「ここを出なきゃいけないんです」＝今住ん
　でいるところを出て、別のところへ引っ越し
　をしなければならない。　We need to leave where
　we live now and move to another place.　必須離開現

在住的地方，搬遷到別的地方。

◇「子どもたちがね」＝子どもたちが心配だ。

12 ばん　正解 3

スクリプト（下線は p. 51 の答え）

テレビで男の人が話しています。

M：お酒は①上手に飲めば、心も体も楽になって②楽しい時間が過ごせるものです。では、③どんな飲み方をすれば楽しい時間を過ごせるのでしょうか。まず、笑いながら④家族や友人と楽しく飲む。そして何かを⑤食べながら飲む。⑥お酒だけを飲むのは胃に悪いです。⑦おいしい料理といっしょなら、お酒も料理ももっとおいしくなります。そして、何より大切なのは、⑧ゆっくり飲むことです。⑨飲むスピードが速いと体の調子を悪くします。「おいしい料理を食べながら、ゆっくり酒を飲む」、これが⑩酒を楽しむ方法です。

男の人がいちばん言いたいことは何ですか。

1　酒はおいしい料理といっしょに飲むといい
2　酒は心も体も楽にするものだ
3　酒を楽しむためには飲み方が大切だ
4　酒を飲みすぎると体の調子が悪くなる

ことば

「過ごす」spend (time)　度過

「胃」stomach　胃

「何より」more than anything　比什麼（都）

🌼

①②からわかること：酒の飲み方で楽しい時間になったり、ならなかったりする。

③からわかること：どんな飲み方がいいか考える。

④⑤⑥⑦⑧からわかること：男の人はお酒のいい飲み方を話している。

⑧⑨からわかること：お酒はゆっくり飲んだほうがいい。

⑩からわかること：男の人は酒を楽しむための飲み方を言っている。

⚠

◇「飲むスピードが速いと体の調子を悪くします」＝飲むスピードが速いと体の調子が悪くなる。

第5回

13 ばん　正解 3

スクリプト（下線は p. 52 の答え）

男の人が話しています。

M：昨日の夜から降り続いている雨は①今晩にはやみ、明日は②いい天気になるでしょう。③しかし、この天気も④長くは続かず、明後日の午後からは⑤また雨になるでしょう。週末は気温が下がると予想されますので、⑥雪になるかもしれません。

天気はこれからどうなると言っていますか。

1　悪い天気が続く
2　いい天気になる
3　一度よくなるが、また悪くなる
4　悪い天気が続いたあと、天気がよくなる

ことば

「週末」weekend　週末

「予想する」predict　預想，預料

🌼

①からわかること：雨がやむ。

②からわかること：このあと天気はよくなる。

③④からわかること：いい天気は続かない。→また天気は悪くなる。

⑤⑥からわかること：明後日から天気は悪くなる。

14 ばん　正解 3

スクリプト（下線は p. 53 の答え）

男の人と女の人が話しています。

F：山本さん、ヨーロッパ旅行、どうだった？

M：①それがね。旅行会社のツアーで、10 人でいっしょに行ったんだけどね。

F：感じのよくない人がいたの？

M：いや、みんな②いい人たちだったよ。年齢も仕事もいろいろだったけど、家族みたいに③いろんな話をしながら旅行したよ。

F：じゃあ、問題ないじゃない。

M：いや、それが問題なんだよ。家族みたいにぼくのことを④よく知っているんだ。

F：え、どういうこと？

M：空港で参加者が集まったときに名簿が配られたんだけど、⑤名前だけじゃなくて、誕

生日とか趣味とか、仕事とか、いろいろ書
いてあるんだ。

F：でも、それは山本さんが教えたからでしょ？

M：確かに旅行の申し込みのあとにアンケート
ですって言われて書いたけど、まさかみん
なに⑥配ると思わなかったよ。何のことわ
りもなしに配るなんて。

F：そうやってみんなに配るためにアンケート
をするって書いてあったはずよ。

M：ただ書いておくだけじゃ気がつかない人だ
っているだろう？　第一、旅行するのにど
うしてそんな個人的なことが⑦必要なのか
な。ぼくには理解できないね。

F：みんなが楽しく旅行できるように、旅行会
社の人が考えたんだと思うけどな。

男の人はこの旅行についてどう思っていますか。
1　知らない人と旅行するのは問題が多い
2　アンケートは旅行のあとにしたほうがいい
3　個人的なことをほかの人に知らせないでほしい
4　参加者に名簿を配る必要はない

ことば

「ツアー」tour　旅行，旅遊

「感じがいい／悪い」friendly/unfriendly　感覺很好／不好

「参加者」participants　參加者

「名簿」name list　名冊，名單

「配る」distribute　發放

「アンケート」questionnaire　問卷，調查表

「まさか（～ない）」I little imagined that ～　難道（不～）

「ことわり」approval, permission　預告，預先通知

「個人的（な）」private, personal　私人（的），個人（的）

💡
①からわかること：何か問題があった。
②③からわかること：参加者はよかった。
④からわかること：個人のことをよく知っている。
⑤⑥からわかること：アンケートに個人のことを
　書いたが、みんなに知らせるとは思わなかった。
⑦からわかること：男の人は、旅行するのに個
　人的なことは必要ではないと思っている。

⚠
◇「それがね」→何か問題があった。

「それが」：相手が予想している内容に合わない
ことをこのあと言うときの言葉。　used when say-
ing what the other person does not expect to hear　接
下來說與對方預想的內容相異的事情時用的詞語。

例：A「昨日の映画、おもしろかった？」
　B「それが、急に用事ができて、見に行けな
かったんだ」

◇「まさかみんなに配ると思わなかった」＝み
んなに配ることは全く予想していなかったの
でとても驚いた。

◇「何のことわりもなしに」＝ことわらないで
＝許可を得ないで　without permission　沒有得到
允許

15 ばん　正解 2

スクリプト（下線は p. 54 の答え）

男の人が新しい商品の説明をしています。

M：こちらをご覧ください。新しい商品の「カ
ラフルバランス」でございます。毎日の生
活を変えずにやせたいという主婦の皆様に
喜んでいただけると思います。①これをは
いていつも通り②家事をしていただくだけ
で、足も腰もすっきりします。③この底を
ご覧ください。少し④丸くなっていますね。
最初は⑤歩きにくいと思われるかもしれま
せんが、⑥靴のように足のうらにぴったり
ついてくるので、とても楽に、気持ちよく
歩けます。いつも通り⑦家の中を動くだけ
でできる⑧トレーニング、いかがですか。
色は全部で 10 色です。お好きな色をお選び
ください。

男の人が説明している物は何ですか。
1　ズボン
2　スリッパ
3　くつ
4　トレーニングの機械

ことば

「主婦」housewife　主婦

「家事」housework　家務事，家事

「腰」hips　腰

「すっきり」slim, light　舒暢，暢快

「底」bottom, sole　底，底部

「足のうら」 sole of a foot　脚掌，脚底
「ぴったり」 tight　正好，恰好
「トレーニング」 training　鍛錬，訓練

👤
①からわかること：男の人は、はくものについて話をしている。
②⑦⑧からわかること：これは、いつも通りの家事をするだけでトレーニングできるものだ。→トレーニングの機械ではない。
③④⑤からわかること：これは底があるもので歩くのに使うものだ。→靴かスリッパ
⑥からわかること：靴ではない。→スリッパ

⚠
◇「生活を変えずに」＝生活を変えないで／いつもと同じように生活しながら
◇「いつも通り」＝いつもと同じように
◇「足も腰もすっきりします」 both your legs and hips will get slimmer　脚和腰都很舒暢
◇「足のうらにぴったりついてくる」 fit tight to the soles of your feet　緊貼著腳掌。

第6回

16 ばん　正解 1

スクリプト（下線は p. 55 の答え）
大学で先生が話しています。

F：みなさんも知っていると思いますが、私の授業では試験は行いません。①レポートで成績をつけます。ただし、インターネットで見つけた文章を②コピーして、そのままレポートに使う学生も多いようですが、そんなレポートは③受け付けません。こう言っても、④どこからコピーしたかわからなければだいじょうぶだと思っている人はいませんか。実は、⑤わかるのですよ。なぜかというと、いつも何人もの学生が⑥同じ文章のレポートを出すからです。同じところから文章を⑦コピーして使えば、同じレポートになりますね。私はみなさんが私の授業で⑧何を考えたかを知りたいのです。いいですか。まず、ちゃんと授業を受けること。そして、よく⑨考えること。考えない人は学生とは言えませんよ。

先生が言いたいことは何ですか。
1　インターネットの文章をコピーしてはだめだ
2　ほかの学生のレポートをコピーしてはいけない
3　何をコピーしたかわかるようにしてほしい
4　どんな文章をコピーするかよく考えてほしい

ことば
「レポート」 report　報告，報告書
「成績をつける」 grade　評定成績
「インターネット」 Internet　網路
「受け付ける」 accept　受理，接受

👤
①からわかること：学生はレポートを書かなければならない。
②③からわかること：インターネットの文章をコピーしたレポートはだめだ。
④⑤からわかること：どこからコピーしたかはすぐわかる。
⑥⑦からわかる：コピーをしたら同じレポートになるのは当たり前だ。
⑧⑨からわかること：自分が考えたことを書いてほしい。

⚠
◇「そんなレポートは受け付けません」＝そんなレポートを出しても、私は受け取らない。　I will not accept such a report.　拿出那樣的報告，我不會接受。

17 ばん　正解 4

スクリプト（下線は p. 56 の答え）
男の人と女の人が話しています。

F：うわー、きれい。①ここまで上がると町中が見られて、いいわね。
M：ほら、②あそこが今日泊まるホテルだよ。
F：へえ。③高い建物ね。④このビルとどっちが高いかな。
M：それはもちろん⑤こっちだよ。日本一高いビルなんだから。
F：ホテル、⑥上の方の部屋だったらいいなあ。ながめがいいから。
M：だいじょうぶ。あのビルは⑦20階から30階までがホテルなんだ。
F：じゃあ、景色は絶対だいじょうぶね。
M：そう。⑧いちばん上にはレストランもある

課題理解　ポイント理解　概要理解　発話表現　即時応答

から、⑨夕食はそこにしよう。

F：へえ。楽しみね。早く行きましょう。⑩エレベーターはあっちよ。

二人は今どこにいますか。
1　ホテルの部屋
2　ホテルのあるビルの中
3　日本一高いビルが見えるところ
4　日本一高いビルの中

ことば
「町中」＝町の全体
「ながめ」 view　景色，景緻＝景色

①からわかること：二人は高いところにいる。

②③からわかること：二人はホテルがある建物を見ている。→ホテルにはいない。

④⑤からわかること：二人は日本一高いビルにいる。

⑥からわかること：二人はまだホテルの部屋に入っていない。

⑦⑧からわかること：ホテルのある建物は高いビルで、いちばん上にレストランがある。

⑨からわかること：二人はまだレストランに行っていない。

⑩からわかること：二人はこれからレストランへ行く。→今いるビル（日本一高いビル）の下へ降りて、ホテルのあるビルへ行く。

⚠
◇「景色は絶対だいじょうぶ」＝景色は絶対にいい

18 ばん　正解 1
スクリプト（下線は p.57 の答え）
会社で女の人が話しています。

F：みなさんにお知らせします。来月は毎週水曜日の午後、①研修を行います。研修は、4つのグループに分かれて行います。今、②研修の案内をメールで送りましたので、自分のグループと研修の時間と場所を③確認しておいてください。もし参加できなくなった場合は、田中さんか私にメールで連絡してください。研修の内容は④この会社で仕事をするのに知らなければいけないこ

とばかりです。第一回目は⑤電話のマナーについて研修する予定です。みなさんは⑥入社したばかりですから、先輩が電話をかけたり、受けたりしているときにどんな話し方をしているかよく聞いておいてください。

女の人は何について話していますか。
1　新しい社員の研修
2　電話のかけ方の研修
3　来月の仕事の進め方
4　グループの分け方

ことば
「研修」 training　研習，進修
「グループ」 group　小組，團體
「確認する」 confirm　確認
「参加する」 participate　参加
「内容」 contents　内容
「マナー」 manners　禮貌，禮節
「入社する」 enter a company　進公司
「電話を受ける」 receive a phone call　接電話

①②③からわかること：研修が行われる。

④⑤からわかること：研修の内容は、この会社で働くのに必要なことである。

⑥からわかること：女の人は入社したばかりの人（新しい社員）に話している。

第7回
19 ばん　正解 2
スクリプト（下線は p.58 の答え）
テレビで男の人が話しています。

M：この①質問に対する答えの今年の第 1 位は、やはり夏に来た②台風 13 号でした。ここ 10 年の中ではもっとも大きい台風で、多くの方が亡くなりました。次に多かったのが、オリンピックでの③女性の活躍です。マラソン、サッカーなどで④女性がすばらしい成績を残しました。第 3 位は世界でいちばん計算が速いスーパーコンピューターが⑤我が国で作られたことです。我が国の技術の高さを⑥世界に知らせることができて、うれしいという意見でした。今年

課題理解　ポイント理解　概要理解　発話表現　即時応答

は⑦暗く悲しいニュースが多かったのですが、その暗い気持ちを元気にする⑧明るいニュースが人々の心に⑨強く残ったと言えます。

男の人はどんな質問について話していますか。
1 今年いちばんよく見たテレビ番組は何か
2 今年いちばん強く心に残ったニュースは何か
3 今年のうれしいニュースは何か
4 今年はどんな年だったと思うか

ことば
「第〜位」the 〜 place (the rank of the result of a questionnaire) 第〜位
「活躍」great performance 活躍
「マラソン」marathon 馬拉松
「成績」score, result 成績
「計算」calculation 計算
「スーパーコンピューター」super computer 超級電腦

①からわかること：男の人はある質問に答えている。
②からわかること：いちばん多かった答えの「台風」は悪いニュース。→「うれしいニュースは何か」という質問ではない。
③④⑤⑥からわかること：2位、3位はいいニュース。→ニュースだから「よく見るテレビ番組は何か」という質問ではない。
⑦からわかること：実際は悪いニュースのほうが多かった。→悪いニュースのほうが多いのに、人々の答えの2位と3位はいいニュースだ。
⑧⑨からわかること：いろいろなニュースの中から心に強く残ったニュースについて答えている。→質問は「心に残ったニュースは何か」である。→「今年はどんな年だったか」ではない。

20 ばん　正解3
スクリプト（下線は p.59 の答え）
男の人と女の人が話しています。

M：テニスなんて①久しぶりだなあ……。学生のとき以来だよ。さあ、②早く始めよう。
F：③だめだめ。④急に動くと、けがをしやす

いし、体によくないよ。
M：だいじょうぶだよ。早くやろうよ。
F：だめだめ。はい、やって。⑤こうやって軽く体を動かすといいのよ。体温が上がって、体がやわらかくなるから。そうすると、けがも少なくなるのよ。次は、⑥足を伸ばして。⑦そうそう。けがをしたスポーツ選手が⑧リハビリをするときの方法よ。
M：なるほど……。⑨こうすると体も温まってくるね。
F：スポーツが⑩終わったあとも 10 分くらいこうやって⑪体を軽く動かすといいのよ。次の日に体が痛くならないように。
M：ふうん。わかった。じゃあ、そろそろ⑫始めようか！

二人は今何をしていますか。
1 テニス
2 リハビリ
3 スポーツをする前の運動
4 スポーツをしたあとの運動

ことば
「〜以来」＝〜から〈時間〉
「体温」body temperature 體溫
「伸ばす」extend, stretch 伸展，伸長
「リハビリ」rehabilitation （使身體）復原，復健
「温まる」get warm 暖和，取暖

①からわかること：男の人は長い間テニスをしていなかった。
②からわかること：これからテニスをする。
③④からわかること：急にテニスをしてはいけない。
⑤からわかること：女の人は準備の運動をして、男の人に見せている。
⑥⑦からわかること：男の人もいっしょに準備の運動をしている。
⑧からわかること：この運動はリハビリのときにもする運動だ。
⑨からわかること：男の人は今、体を動かしている。
⑩⑪からわかること：テニスをしたあとでも体を動かすといい。
⑫からわかること：二人はテニスを始める。こ

課題理解　ポイント理解　概要理解　発話表現　即時応答

こまでは、テニスをするために準備運動をしていた。

⚠

◇「学生のとき以来だ」＝学生のときにテニスをしてから今までずっとテニスをしなかった。

21ばん　正解2

スクリプト（下線はp.60の答え）

講演会で女の人が話しています。

F：仕事で失敗をすることはだれにでもあります。私は、①失敗をしたあとどうするかが大切だと思います。まず、失敗して迷惑をかけた②相手にあやまることが大切です。そして、二度と③同じ失敗をしないようにするにはどうしたらいいか④考えることです。失敗したことを反省してしっかりと⑤対応すれば、まわりの人もそれを⑥認めてくれるはずです。そのあとは、失敗したことを⑦悩まないでください。失敗を⑧大切な経験だと考えれば、その後の仕事に⑨役に立てることができるでしょう。

女の人は何が大切だと言っていますか。
1 仕事で失敗したときにどうあやまるか
2 仕事で失敗したときにどうするか
3 どうすれば仕事で失敗しないか
4 どうすれば迷惑をかけないか

ことば
「迷惑をかける」bother, trouble　添麻煩
「相手」the other person　對手，對方
「二度と〜ない」never will do 〜　再也不〜了
「反省する」reflect on　反省
「対応する」handle, correspond to　應付，對應
「悩む」suffer　煩惱
「役に立てる」make useful　對〜有幫助

①からわかること：失敗をしたあとどんな行動をするかが大切だ。How you will act after you have failed is important.　重要的是失敗以後要採取什麼行動。

②③からわかること：迷惑をかけた相手にあやまることと同じ失敗をしないように考えることが大切だ。Apologizing to the person you gave

trouble to and trying not commit the same failure again are important.　向被自己添麻煩的對象道歉跟思考不要再犯相同的錯誤是重要的。

④⑤⑥からわかること：失敗をしたあとちゃんと行動すれば、みんながあなたを理解してくれる。If you behave properly after committing a failure, people will surely understand you.　失敗後切實地行動的話，大家便能夠理解你。

⑦⑧⑨からわかること：失敗したことを悩まないで大切な経験だと考えたほうがいい。You should rather think it's a valuable experience than suffering that you failed.　不要為了失敗而煩惱，把失敗當作重要的經驗來思考比較好。

第8回

22ばん　正解4

スクリプト（下線はp.61の答え）

男の人が中学校で話しています。

M：みなさん、消費税を知っていますね。買い物をしたときに払う税金です。今、政府はこの消費税を①上げると言っています。しかし、消費税を上げることに反対している人は賛成の人の②2倍以上います。みなさんはどうですか。私は、税金を上げることは私たちの生活をよくするために③しかたがないことだと思っています。しかし、④反対の人がこんなに多くては、上げることはできません。政府は、税金を増やしたら生活がどのようによくなるのか、それをしっかり⑤国民に説明するべきです。消費税を上げる目的が理解できれば⑥反対する人は減るでしょう。

男の人は消費税を上げることについてどう思っていますか。
1 上げても生活はよくならない
2 早く上げなければいけない
3 上げるのに反対だ
4 反対の人を減らさなければいけない

ことば
「消費税」consumption tax　消費税
「税金」tax　税金
「政府」government　政府

「理解する」 understand　理解

🎧
①②からわかること：消費税を上げるのに反対
　している人が多い。
③からわかること：男の人は「政府が生活をよ
　くするために消費税を上げることはしかたが
　ない」と思っている。The man thinks "it cannot be
　helped that the government raises the consumption tax in
　order to improve the living standard."　男子認為〝政
　府為了改善生活，提高消費税是不得已的。〞
④⑤⑥からわかること：政府は国民に消費税を
　上げたら生活がどうよくなるかをしっかり説
　明して、反対する人を減らさなければいけな
　い。The government should explain hard to the citizens
　how the living standard will improve by raising the con-
　sumption tax, and decrease the number of people who
　oppose to this plan.　政府必須好好地向國民説明，消
　費税増加後生活如何得到改善，來減少反對者的人
　數。

23 ばん　正解 3
スクリプト（下線は p. 62 の答え）
男の人と女の人が話しています。

F：これがいいわ。①デザインも色もいいし。
　　ね、どう？
M：ちょっと②タイヤが細すぎるんじゃない？
F：うん。最近のはみんなこれくらい細いのよ。
M：そうかあ。でも、細くて③速そうだけど、
　　④倒れやすそうだ。危なくないのかな。
F：だいじょうぶ。これにしよう。
M：⑤荷物を入れるかごはいらないの？
F：うん。必要ならあとでつけるわ。

二人が見ている物は何ですか。
1　自動車
2　スーツケース
3　自転車
4　洋服
ことば
「デザイン」design　設計
「タイヤ」tire　輪胎

🎧
①②からわかること：二人が見ているものには

タイヤがついている。→自動車か自転車
③④⑤からわかること：速いけれど倒れそうな
　感じがするものだ。Something that runs fast but
　looks like it may fall easily.　雖然很快，但是感覺好
　像很容易倒下。　→自転車

⚠
◇「最近のは」＝最近の自転車は
◇「危なくないのかな」＝危ないと思う

24 ばん　正解 3
スクリプト（下線は p. 63 の答え）
男の人が講演会で話しています。

F：先生、将来海外で仕事をしたいと思ってい
　　る若者も多いと思いますが、海外で仕事を
　　するときに大切なことはどんなことでしょ
　　うか。
M：そうですね。今までは、「世界で仕事がで
　　きる人は、①英語が話せる人だ」と言われ
　　てきました。しかし、実際に②その国へ行
　　って仕事をする場合は、英語ができるだけ
　　ではうまくいきません。③その国の言葉が
　　話せる人が必要です。その国の言葉で話せ
　　ば、④相手の本当の気持ちを引き出すこと
　　ができるからです。そのため、多くの会社
　　が英語だけでなく⑤その国の言葉ができる
　　社員を求めるようになりました。みなさ
　　ん、これからは、自分の国の言葉、英語、
　　そして、⑥自分が仕事をする国の言葉が必
　　要です。

男の人は何が大切だと言っていますか。
1　英語が話せること
2　相手の気持ちを知ること
3　仕事をする国の言葉ができること
4　自分の国の言葉ができること
ことば
「実際に」actually　實際上
「相手」the other person　對方
「引き出す」elicit　拉出，取出
「社員」company employee　公司職員
「求める」want, look for　想要，渴望，尋求

🎧
①からわかること：今までは世界で仕事をする

には英語が話せることが必要だと言われていた。

②③④からわかること：実際にその国で仕事を するときは、その国の人の気持ちを知るため に、その国の言葉が話せることが大切だ。

⑤⑥からわかること：世界で仕事をするために は、自分の国の言葉と英語だけでなく、自分 が仕事をする国の言葉も話せることが必要だ。

⚠

◇「相手の本当の気持ちを引き出す」elicit the oth-er person's real feeling　引導對方（說出）真正的感受

第9回
25 ばん　正解 2

スクリプト（下線は p. 64 の答え）

男の人と女の人が話しています。

F：いやあ、すばらしい成績で勝ちましたね。 優勝、おめでとうございます。キャプテン として、いかがですか。

M：ありがとうございます。新しい監督に替わ って、①新しい方法で練習をしてきました し、海外から戻ってきた選手もすぐにその 練習に慣れて②よくがんばってくれました。 体調の悪い選手も③いませんでした。まあ、 いい条件がそろったから④いい結果が出た とも言えるでしょう。⑤でも今回は、何と 言っても、先に女子チームが優勝したので、 「おれたちも優勝するぞ。」という⑥強い気 持ちをチーム全員が持っていたんです。そ れが大きいと感じています。

男の人は何について話していますか。

1　新しい監督がいいこと
2　試合に勝った理由
3　新しい練習方法が良かったこと
4　いいチームの条件

ことば

「キャプテン」captain　隊長
「監督」director　教練，監督
「体調」physical condition　身體狀態

🔊

①②③：今回の試合のときの良かった点。
④からわかること：①②③のいい条件がそろっ たから勝つことができたという考えもある。

It can be said that we could win because we had good conditions such as ①②③. 也可以想成因為具備了 ①②③的好條件，所以能夠獲勝。

⑤からわかること：今回勝つことができたいち ばん大きな理由は別のことだ。

⑥からわかること：チームの全員が「絶対優勝 する」という強い気持ちを持っていたから勝 つことができた。

⚠

◇「キャプテンとして、いかがですか」＝キャ プテンの立場から見てどう思いますか。　As the captain, what do you think?　從隊長的立場來看， 你覺得如何？

◇「何と言っても」＝何よりも

◇「強い気持ちを持っていたことが大きい」＝ 強い気持ちをもっていたことが（勝つことが できた）大きな理由だ

26 ばん　正解 3

スクリプト（下線は p. 65 の答え）

会社で男の人と女の人が話しています。

M（上司）：田中君、だめじゃないか。ここの① 数字が全然違うよ。ちゃんと②書き方がわ かっていないんじゃないか。

F（田中）：はい。申し訳ありません。

M：どうして、君はいつも③人に相談しないん だ。④わからないことがあったり、⑤はっ きりしないことがあったりしたら、私や山 口君に⑥聞いてくれないと困るよ。結局、 大変なことになるんだから。

F：はい。

男の人がいちばん言いたいことは何ですか。

1　数字をまちがえてはいけない
2　書き方をまちがえてはいけない
3　わからないことは人に聞かなければならない
4　自分と山口君は忙しくて大変だ

ことば

「数字」number　數字
「申し訳ありません」＝すみません／ごめんな さい〈ていねいな言い方〉
「結局」after all　最後，結果

🔊

①からわかること：書類がまちがっている。

②③からわかること：書き方がわかっていないのに相談をしなかった。

④⑤⑥からわかること：わからないことがあったら相談しなければいけない。

⚠

◇「数字が全然違う」＝（書類の）数字がまちがっている

◇「わかっていないんじゃないか」＝「わかっていないのではないか」＝わかっていないと思う。

◇「どうして、君はいつも人に相談しないんだ」＝人に相談しないでしてはいけないことが君はわからないのか。 You don't understand that you cannot do things without consulting with someone, do you? 難道你不知道不和別人商量就做是不允許的嗎？ ＝まわりの人に相談しなさい。

◇「結局、大変なことになるんだから」＝重大な結果になるのだから because it will end up being a serious problem 因為會演變成嚴重的後果

27 ばん　正解 2

スクリプト（下線は p. 66 の答え）

テレビ番組で男の人が話しています。

M：毎日寒いですね。この季節はあまり窓を開けないので、①お部屋の空気は汚れたままですね。こちらは、今の季節におすすめの商品です。このボタンを押すだけで、お部屋の空気の中のほこりなどの汚れを取って、②空気をきれいにしてくれるんです。窓を③開けなくてもいいので、お部屋は暖かいまま。④においを消す効果もあるので、⑤犬やねこがいるうちにもおすすめです。そして、なんと⑥電気代が一日約３円！ これなら一日中つけていても⑦安心ですね。ご注文はお電話で。電話番号はこちらです！ ご注文、お待ちしています。

男の人が話している商品は何ですか。

1　部屋を暖かくする電気製品

2　部屋の空気をきれいにする電気製品

3　犬やねこのにおいを消すための電気製品

4　簡単に掃除ができる電気製品

ことば

「おすすめ」 to be recommended, good deal　推薦

「ほこり」 dust　灰塵

「汚れ」 dirt, filth　髒，汙垢

「効果」 effect　效果

「注文」 order　訂購

📷

①②からわかること：この商品は部屋の空気をきれいにする。

③からわかること：窓を開けなくても部屋の空気がきれいになる。

④⑤からわかること：犬やねこのにおいも消す。

⑥⑦からわかること：電気代が安いから電気代を心配しなくてもいい。

第 10 回

28 ばん　正解 4

スクリプト（下線は p. 67 の答え）

テレビで女の人が話しています。

F：ゲームセンターと言えば若者が集まる場所ですが、最近①お年寄りの姿も見られるようになってきました。お年寄りに②人気があるゲームは、同じ絵のカードをそろえる「スロットマシーン」や、動物の人形をハンマーでたたく「もぐらたたき」などだそうです。③ゲームを続けることによってお年寄りの④体力が上がったという調査結果もあります。⑤楽しく遊べて、その上体力もつくゲームセンターを利用するお年寄りはこれから⑥増えそうです。

女の人はゲームセンターについてどう思っていますか。

1　お年寄りに合うゲームが足りない

2　お年寄りも若者も楽しめるゲームが必要だ

3　若者が楽しめる場所ではなくなった

4　お年寄りが楽しめて元気になる場所になった

ことば

「ゲームセンター」 game center　遊戲中心，電玩中心

「お年寄り」 the elderly　老年人

「姿」 figure　身影

「そろえる」 collect　使～齊備

「ハンマー」hammer　錘，鐵錘，榔頭
「体力(たいりょく)」physical power　體力
「体力(たいりょく)が上(あ)がる」physical power gets strengthened　體力提升
「調査(ちょうさ)」survey　調査
「結果(けっか)」result　結果
「体力(たいりょく)がつく」get physically stronger　體力增強

👤
①からわかること：ゲームセンターにお年寄りが来るようになった。
②からわかること：お年寄りはゲームを楽しんでいる。
③④からわかること：ゲームは体にもいい。
⑤⑥からわかること：ゲームセンターへ来るお年寄りはもっと多くなるだろう。
②③④⑤からわかること：ゲームセンターでお年寄りが元気になる。

⚠️
◇「ゲームセンターと言えば」＝ゲームセンターと聞いてすぐに思い浮かべるのは what you think of first to hear a "game center" is …　聽到遊戲中心腦海中立即浮現的是…

29 ばん　正解3

スクリプト（下線は p. 68 の答え）
電話で男の人と女の人が話しています。

M（中村部長(なかむらぶちょう)）：もしもし、おはよう。中村だけど。
F：①あ、部長、おはようございます。
M：②あのう、申(もう)し訳(わけ)ないけど、ちょっと③遅(おく)れそうなんだ。
F：あ、電車の事故(じこ)ですか。
M：いや、ちょっと④忘(わす)れ物(もの)をしてね。今、⑤家(いえ)に取(と)りに戻(もど)っているところなんだ。
F：そうなんですか。
M：⑥午後(ごご)の会議で使う書類(しょるい)なんで、どうしても⑦取りに行かなければならなくて。それで、申し訳ないんだけど、9時半からの⑧ミーティングを10時からにしてもらいたいんだ。
F：はい、わかりました。
M：悪いけど、ほかの人たちにも⑨伝(つた)えておいてもらえないかな。

F：はい、お伝えします。
M：じゃ、よろしく頼(たの)むよ。

男の人が伝えたかったことは何ですか。
1　会議で使う書類を忘れたこと
2　ミーティングに出られないこと
3　ミーティングの時間を遅(おそ)くすること
4　会議の時間を遅くすること

ことば
「部長(ぶちょう)」department head　部長
「書類(しょるい)」documents, papers　文件

👤
①②からわかること：男の人（中村部長）が電話をかけた。
③④⑤からわかること：男の人は忘れ物を取りに帰ったので、会社に行くのが遅くなる。
⑥⑦からわかること：忘れた物は午後の会議で使うものだから、どうしても取りに帰らなければならない。
⑧からわかること：朝のミーティングに間(ま)に合(あ)わないので、ミーティングの時間を変える。
⑨からわかること：男の人は、「ミーティングの時間を変えたことをほかの人に伝えてほしい」と言っている。The man says he wants the woman to tell others that the time of the meeting has been changed.　男子說〝麻煩轉告其他人會議時間有更動。〞

⚠️
◇朝はミーティングをする。午後は会議をする。

30 ばん　正解4

スクリプト（下線は p. 69 の答え）
男の人と女の人が話しています。

M（先輩(せんぱい)）：よう、みんな、練習(れんしゅう)、①がんばってる？
F（後輩(こうはい)）：あ、②先輩、こんにちは。③お久(ひさ)しぶりです。どうぞ、こちらへ。
M：いや、すぐ帰るから。ちょっと図書館に本を返(かえ)しに来たんだけど、掲示板(けいじばん)に④コンサートのポスターがあったから……。
F：はい。⑤来週の土曜日(どようび)なんです。
M：じゃあ、今は最後(さいご)の仕上(しあ)げだね。がんばれよ。
F：はい。先輩は、忙(いそが)しいんですか。

M：ああ、文学部は⑥４年生になると論文を書かされるからね。

F：私もサークルに⑦夢中になれるのはやっぱり⑧今のうちなのかな。

M：うん、ぼくももう一度君たちと⑨いっしょに歌いたいよ。

男の人は何をしに来ましたか。
1　コンサートを聞きに来た
2　サークルに入るために来た
3　練習をしに来た
4　練習の様子を見に来た

ことば

「掲示板」bulletin board　布告欄

「ポスター」flyer, poster　海報

「仕上げ」finishing　最後加工，做完

「論文」thesis　論文

「夢中になる」be absorbed in …, be devoted to …　熱衷

①からわかること：女の人たちは練習をしている。

②③からわかること：男の人は女の人の先輩で、久しぶりにここに来た。

④からわかること：男の人はコンサートのポスターを見たからここに来た。

④⑤からわかること：女の人たちは来週の土曜日にコンサートをする。

⑥からわかること：男の人は大学４年生で、忙しいからサークルに出られない。

⑦⑧からわかること：女の人も大学生で、サークル活動をしている。まだ４年生ではない。

⑨からわかること：このサークルは歌を歌うサークルである。

◇「４年生になると論文を書かされる」＝４年生になると論文を書かなければならない。

◇「今のうちなのかな」＝（４年になると忙しいから）今だけかもしれない。

発話表現

第1回

1ばん　正解2

スクリプト

会社にお客さんが来ましたが、忙しかったので少し待ってもらいました。お客さんに何と言いますか。

F：1　こちらで待っていましょうか。

　　2　お待たせして、すみません。

　　3　こちらで待たせていただきます。

ことば

「待たせていただきます」＝（私は）待ちます〈謙譲表現　humble expression　謙譲表現〉

2ばん　正解1

スクリプト

大学で、友だちにノートを借りたいです。何と言いますか。

M：1　ノート、貸してもらえないかな。

　　2　ノート、貸してあげるよ。

　　3　ノート、貸していいですか。

ことば

「～（し）てもらえないかな」：友だちや家族などに「～（し）てください」と頼むときの言い方。「かな」は遠慮の気持ちを表す。「悪いけど」という気持ちを込めた言い方。used when asking a friend or a family member to do something. "kana" at the end implies hesitation like "I hate to ask you, but … "　向朋友或家人委託做某事，〝請做～〞時的說法。「かな」表示客氣的心情。是表示非常〝不好意思〞的表現。

例：A「暑いね。窓を開けてもらえないかな」

　　B「ああ、いいよ」

3ばん　正解3

スクリプト

先生の家で食事をいただきました。帰るとき、お礼を言いたいです。何と言いますか。

M：1　たいへんよくできました。

　　2　よろしかったですね。

　　3　ごちそうさまでした。

ことば

「ごちそうさまでした」：①一般に、食事が終わったときに言うあいさつの言葉。generally used as a greeting which is said when one finished a meal　一般是餐後用的寒暄語。　②人の家やレストランで食事をふるまわれたとき、お礼の気持ちを込めて言う。used to express thanks when treated to dinner at someone's home or a restaurant　在他人家裡或餐廳裡被請客吃飯後，衷心表示感謝時的說法。

4ばん　正解1

スクリプト

お年寄りが大きな荷物を持って階段を上っています。荷物を持ってあげたいです。何と言いますか。

M：1　重そうですね。お持ちしましょうか（↘）。

　　2　重いでしょう。持ってもらいましょう。

　　3　重いですから、私が持ちましょう。

ことば

「お／ご～（し）ましょうか」：相手のために何かすることを提案するときの言い方。used when offering to do something for someone　提議為對方做某事時的說法。

例：A「駅まで車でお送りしましょうか」

　　B「ありがとうございます。じゃあ、お願いします」

第2回

5ばん　正解3

スクリプト

家に招待したお客さんが来ました。家の人は何と言いますか。

M：1　失礼します。

　　2　おじゃまします。

　　3　よくいらっしゃいました。

ことば

「招待する」invite　招待

「よくいらっしゃいました」＝来てくださってありがとうございます：人を歓迎するときの表現。expression used when welcoming somebody's visit　歡迎某人時的表現。

6ばん　正解3

スクリプト

先生に勉強の相談をします。最初に何と言えばいいですか。

M：1　先生、ご相談なさってくださいませんか。
　　2　先生、相談していただけないでしょうか。
　　3　先生、ご相談したいことがあるんですが。

ことば

「ご相談したいことがあるんですが」：「（あなたに）相談したいことがあります」のていねいな言い方。目上の人に何か相談するときに、はじめに言う。文末の「が」は、発話を柔らかく、ていねいにする。polite way of saying "（あなたに）相談したいことがあります。(I would like to consult with you about something.)" and is said at the beginning when consulting with one's superior about something. " が " is attached at the end to soften and make polite one's utterance. 是〝（あなたに）相談したいことがあります（有事和你商量）〞的恭敬説法。和長輩或上司商量事情時的開頭語。句尾的「が」是讓這個語句的表達更加柔和與恭敬。

7ばん　正解1

スクリプト

今日は午後歯医者へ行くので、早く帰りたいです。上司に何と言いますか。

M：1　今日は早く帰らせていただきたいんですが。
　　2　今日は早く帰らせますが、よろしいですか。
　　3　今日は早く帰りましょうか。

ことば

「上司」one's superior/boss　上司
「帰らせていただきたいんですが」＝帰りたいです〈謙譲表現 humble expression　謙譲表現〉

8ばん　正解2

スクリプト

切符を買う機械の前で困っている人がいます。何と言いますか。

F：1　どうしたらいいですか。
　　2　どうなさいましたか。
　　3　どうしましょう。

ことば

「どうなさいましたか」：「どうしましたか」のていねいな言い方。相手の困っている様子や何か問題がある様子を見て、何があったのかを尋ねると同時に、助けてあげたい気持ちを伝える表現。A polite way of saying " どうしましたか (What's the problem/matter?)." Expression used when one sees someone in trouble and asks what happened, then wants to offer help. 是「どうしましたか（怎麼了？）」的恭敬説法。看到對方有困難或碰到問題時，尋問對方遇到什麼情況的同時，向對方傳遞想幫助的心情。

第3回

9ばん　正解3

スクリプト

これから会議で説明をします。最初に何と言いますか。

F：1　では、これからご説明が始まります。
　　2　では、これからご説明してもだいじょうぶですか。
　　3　では、これからご説明いたします。

ことば

「お／ご〜いたします」：「（私があなたのために）〜します」のていねいな言い方。

例：A「すみません。営業部はどちらですか」
　　B「営業部ですね。ちょっとわかりにくいところですから、ご案内いたします。どうぞ、こちらへ」
　　A「あ、ありがとうございます」

A "Excuse me, where is the Sales Department?"

B "Sales Department? OK. The location is a little complicated, so let me take you there. Come this way, please."

A "Oh, thank you very much."

A〝不好意思，請問營業部在哪裡？〞

B〝營業部嗎？有點不太好找，我帶您去。請往這邊走。〞

A〝啊，謝謝你。〞

例：A「あのう、振込先の口座番号がわからないんですが」
　　B「はい、お調べいたしますので、しばらくお待ちください」

A "Excuse me, I don't have the account number that I need to transfer money to …"

B "All right, I will check it for you, sir. Will you wait a minute, please?"

A〝不好意思，我不知道對方的匯款帳戶號碼。〞

B〝好的，我來幫您查詢一下。請稍待片刻。〞

10ばん　正解1

スクリプト

クラスのみんなで海に行きます。先生も誘いたいです。先生に何と言いますか。

M：1　先生もいらっしゃいませんか。
　　2　先生もいっしょに行きたいですか。
　　3　先生も行ったらどうですか。

ことば

「いらっしゃいませんか」＝行きませんか〈尊敬表現 honorific　尊敬表現〉
例：「今晩、飲み会をしますが、部長もいらっしゃいませんか」
「行ったらどうですか」＝行ったほうがいいですよ：アドバイスするとき、すすめるときの表現。

11ばん　正解2

スクリプト

銀行で係の人に聞きたいことがあります。何と言いますか。

M：1　すみません。ちょっと知らないんです。
　　2　すみません。ちょっと教えてください。
　　3　すみません。ちょっと聞きませんか。

ことば

「ちょっと教えてください」：わからないことを人に聞きたいときに、はじめに言う表現。said at the beginning when asking someone a question　當有不明白的事向他人詢問時的發話表現。
相手が目上の場合は「ちょっと教えていただきたいんですが」「ちょっと教えていただけませんでしょうか」などと言う。　When asking a question of your superior, say「ちょっと教えていただきたいんですが」「ちょっと教えていただけませんでしょうか」etc.　對方是上司或前輩時，用「ちょっと教えていただきたいんですが」（我想請教一下。）或「ちょっと教えていただけませんでしょうか」（可以請教一下嗎？）等表達方式。

12ばん　正解1

スクリプト

おもしろい本を読みました。友だちにすすめたいです。何と言いますか。

M：1　この本、おもしろいよ。読んでみない？
　　2　この本、おもしろいから、読みなさい。
　　3　この本、おもしろかったから、読もう。

ことば

「〜（し）てみない？」：人に何かをしてみるようにすすめたり、誘ったりするときの表現。
used when suggesting doing something or inviting someone to do something　勸誘他人嘗試做某事時的表現。
例：A「このお菓子、変わった味がするよ。食べてみない？」
　　B「へえ、めずらしいお菓子だね。食べてみよう。いただきます」

課題理解　ポイント理解　概要理解　発話表現　即時応答

即時応答

第1回

1ばん　正解1

スクリプト

M：今日、学校で先生にほめられたよ。

F：1　あら、よかったじゃない。

　　2　あら、あら、何やってるの。

　　3　それなら、たぶんいいでしょうね。

ポイント

M＝「今日、学校で先生がぼくをほめた」

場面：女の人（男の人の家族）は男の人が学校で先生にほめられたと聞いて、喜んだ。The woman (the man's family member) was glad to hear that he was praised by his teacher at school today. 女子（男子的家人）聽到男子在學校被老師表揚，非常高興。

⚠

◇「よかったじゃない」＝よかった〈強調表現 emphasis　強調表現〉

◇2の例：「あ、まちがえた」／「あ、失敗した」／「あ、だめだ」－「あら、あら、何やってるの」

◇3の例：「じゃあ、これはどう？」－「それなら、たぶんいいでしょうね」

2ばん　正解3

スクリプト

F：どうぞこちらにおかけください。

M：1　どうぞご遠慮なく。

　　2　はい、おかげさまで。

　　3　では、失礼します。

ポイント

F＝「どうぞこのいすにすわってください」

M＝「はい。では、そうします」＝すわります

ことば

「かける」＝（この会話での意味）腰をかける＝いすにすわる

「ご遠慮なく」＝遠慮しないでください

「失礼します」（この会話での意味）Thank you very much. 失禮了（謝謝）。

⚠

◇1の例：「この本、ちょっと見てもいいですか」－「どうぞご遠慮なく」

◇2の例：「お元気そうですね」／「試験に合格してよかったですね」　I am happy for you that you have passed the exam. 考試能合格太好了。　－「はい、おかげさまで」

3ばん　正解3

スクリプト

M：あ、中村さんじゃない（↗）。久しぶりだね。

F：1　いいえ、山本さんです。

　　2　久しぶりではありません。

　　3　大変ごぶさたしております。

ポイント

M＝「あ、中村さん、しばらく会わなかったね」

F（中村さん）＝「長い間連絡しないで、失礼しました」I'm sorry I haven't contacted you for so long. 很長一段時間都沒有和你聯繫，真是失禮了。

場面：男の人が女の人に気がついて声をかけた。二人が会ったのは久しぶりだった。

ことば

「久しぶりだ」It's been a long time. 好久，許久

⚠

◇「ごぶさたしております」：相手に長い間連絡をしなかったときに言う表現。expression used when a person has not seen/talked to someone for a long time　和對方很長一段時間沒有聯繫時的表現。

4ばん　正解2

スクリプト

F：しまった。違う電車に乗っちゃったね。

M：1　うん、次の電車に乗ろう。

　　2　うん、次の駅で降りよう。

　　3　うん、次の電車を待とう。

ポイント

F＝「私たちは電車を間違えてしまった」

場面：二人は電車の中にいる。違う電車に乗ってしまったので、早く降りたほうがいい。The two are on a train. They have taken the wrong train, so they should get off soon. 兩個人在電車之內。因為搭錯電車，所以趕快下車比較好。

⚠

◇「しまった」：ミスや失敗をしたときに言う表現。used when a person has made a mistake or committed a failure　出錯或失敗時所用的表現。

課題理解　ポイント理解　概要理解　発話表現　即時応答

5 ばん　正解 3

スクリプト

M：その仕事は、ぼくに任せてください。

F：1　じゃ、いっしょにがんばりましょう。

　　2　はい、そうですね。そうします。

　　3　そうですか。お願いしてもいいですか。

ポイント

M＝「その仕事は、私が一人でやります」

F＝「じゃ、お願いします」

ことば

「任せる」leave some task to someone　託付，交給

⚠

◇「ぼくに任せてください」＝ぼくにやらせてください＝ぼくがやりたいです

◇1の例：「この仕事はいっしょにやったほうがいいと思います」－「じゃ、いっしょにがんばりましょう」

◇2の例：「一人でやらないで、だれかといっしょにやったらどうですか」－「はい、そうですね。そうします」

6 ばん　正解 1

スクリプト

F：今夜の山田さんの送別会、出るでしょ？

M：1　うん、そのつもり。

　　2　ああ、そうか。

　　3　ああ、そうしてくれ。

ポイント

F＝「あなたは、今夜の山田さんの送別会に出席しますね」

M＝「はい、行くつもりです」

ことば

「送別会」farewell party　歡送會，送別會

⚠

◇3の例：（秘書）「今、お忙しそうですね。ご報告がありますけど、あとにしましょうか」－「ああ、そうしてくれ」

7 ばん　正解 2

スクリプト

F：あ、あそこに黒い雲が。雨が降りそうですね。

M：1　ええ、ずいぶん降りましたよ。

　　2　ええ。あ、かさ持ってきましたか。

　　3　ええ、早くやんでくれないかなあ。

ポイント

F＝「あそこに黒い雲が見えます。雨が降り始めるかもしれません」

M＝「本当に雨が降りそうですね。あなたは、かさを持っていますか」

場面：今はまだ雨が降っていないが、二人は空を見て、雲の様子からもうすぐ降り始めることを予想している。It is not raining now yet, but the two look at the clouds in the sky and expect it will start raining soon.　雖然現在還沒下雨，但看了天空的兩人，從雲的狀況推斷應該馬上就要下雨了。

⚠

◇「かさ持ってきましたか」＝今、かさを持っていますか

8 ばん　正解 2

スクリプト

M：あのう、さっきからずっと待ってるんですけど……。

F：1　お疲れさまでした。

　　2　申し訳ありません。

　　3　かしこまりました。

ポイント

M＝「長い間待っていますが、まだですか」

F＝「お待たせして、すみません」

⚠

◇「お疲れさまでした」：仕事など、なにか大変なことが終わったときに言う表現。said to someone who has just finished work or something difficult　工作等非常艱難的事結束後所用的表現。

◇「申し訳ありません」＝すみません／ごめんなさい：ていねいに謝るときの表現。

◇「かしこまりました」：相手の命令や指示を受けて「はい、わかりました」と言うときの表現。used when a person receives a command or direction from another person, meaning "Certainly, Sir/Ma'am."　接受對方的命令、指示，表示〝是，明白了。〞的表現。

9 ばん　正解 3

スクリプト

F：あ～あ、また失敗しちゃった。

M：1　そうですか。承知しました。

　　2　よくがんばったね。

３　そんなに気にするな。

ポイント

Ｆ＝「また失敗をしてしまった」

Ｍ＝「あまり心配しなくてもいい」

場面：男の人は女の人を慰めた。　The man has cheered up the woman.　男子安慰了女子。

第2回

10 ばん　正解3

スクリプト

Ｆ：あのう、今、ちょっとよろしいでしょうか。

Ｍ：１　さあ、どうでしょうねえ。

　　　２　はい、どうぞよろしく。

　　　３　ええ、かまいませんよ。

ポイント

Ｆ＝「あなたと話したいのですが、今、だいじょうぶですか」

Ｍ＝「ええ、だいじょうぶですよ」

11 ばん　正解2

スクリプト

Ｍ：この部屋、散らかってるなあ。

Ｆ：１　はい。掃除したばかりですから。

　　　２　あ、すぐ片づけます。

　　　３　さあ、どうぞお入りください。

ポイント

Ｍ＝「この部屋は散らかっていて、汚い」

場面：男の人は、女の人の上司や父親など上の立場の人。男の人は、「片づけたほうがいい／片づけなさい」とはっきりは言っていないが、そのような意向が感じられる。The man is the woman's superior like her boss or father. He is not saying "You should clean up" bluntly to her, but such intention is implied.　男子是女子的上司或父親等身分的人。雖然男子沒有明白說出〝最好打掃一下／請打掃一下〞，但能感覺到這樣的意圖。

ことば

「散らかっている」be in a mess, not tidy　散亂著

「片づける」clean up　整理，打掃

⚠

◇１の例：「この部屋、きれいですね」－「はい。掃除したばかりですから」

12 ばん　正解2

スクリプト

Ｆ：明日、書類を持ってくるのを忘れないように。

Ｍ：１　では、そうします。

　　　２　はい、わかりました。

　　　３　はい、いいでしょう。

ポイント

Ｆ＝「明日、書類を必ず持ってきてください」

⚠

◇「忘れないように」＝忘れないようにしてください＝忘れないでください

13 ばん　正解3

スクリプト

Ｍ：これから一杯飲みに行きませんか。

Ｆ：１　はい、行きません。

　　　２　あ、もう一杯、お願いします。

　　　３　すみません。今日はちょっと。

ポイント

Ｍ＝「今から酒を飲みに行きませんか」

Ｆ＝「今日は都合が悪いので、行けません」

場面：男の人が女の人を誘ったが、女の人は断った。The man suggested going for a drink, but the woman declined.　男子邀請了女子，但是女子拒絕了。

⚠

◇「ちょっと」＝都合が悪い／問題がある／あまりよくない　be inconvenient / have a problem / not good　不方便 / 有問題 / 不太好

14 ばん　正解1

スクリプト

Ｆ：お店の場所なら、インターネットで調べたら？

Ｍ：１　うん、そうしよう。

　　　２　いや、そんなことはないよ。

　　　３　えっ、わかったの？

ポイント

Ｆ＝「そのお店がどこにあるかは、インターネットで調べればわかるでしょう」

Ｍ＝「インターネットで調べよう」

⚠

◇「調べたら？」：調べたらいいでしょう／調べたらどうですか：アドバイスの表現。　used when giving advice　提出建議的表現。

課題理解　ポイント理解　概要理解　発話表現　即時応答

15 ばん　正解 2

スクリプト

M：なんだか顔色_{かおいろ}がよくないみたいだけど……。

F：1　それは心配_{しんぱい}だね。
　　2　ちょっと風邪気味_{かぜぎみ}で。
　　3　何かあったの？

ポイント

M＝「あなたの顔色が少し悪い。どうしたの？」

⚠

◇「なんだか〜」＝少し〜と感じる　seems a little like 〜　有點〜的感覺

◇「風邪気味だ」＝ちょっと風邪を引いたような感じだ　feel a little like I have caught a cold　感覺好像有點感冒了

◇1の例_{れい}：「最近_{さいきん}いつも頭_{いた}が痛いんだ」／「父が入院_{にゅういん}したんだ」－「それは心配だね」

◇3の例：「ああ、もう会社やめたいな」－「何かあったの？」

16 ばん　正解 2

スクリプト

F：何かご伝言_{でんごん}があれば、うかがいますが。

M：1　はい。どうぞお話しください。
　　2　では、また電話するとお伝_{つた}えください。
　　3　はい。かしこまりました。

ポイント

F＝「何か伝言がありますか。あれば、どうぞ」

M＝『また電話する』と言ってください」

場面_{ばめん}：男の人が電話で話したい人がいなかった。それで、女の人は「その人への伝言があればどうぞ言ってください」と言った。男の人は、「あとでまた電話する」という伝言を女の人に頼_{たの}んだ。The person the man wanted to talk to on the phone was not available. The woman said "If you want to leave a message, I can take it." He left her a message that he would call again later.　男子打電話要找的人不在，因此，女子說「如果有要轉告他的話請說」。男子託女子傳話「等一會兒再打電話」。

ことば

「伝言_{でんごん}」message　傳話

「伝_{つた}える」give a message, tell　轉告，傳達

⚠

◇1の例_{れい}：「話してもいいですか」－「はい。どうぞお話しください」

◇3の例：「伝言をお願いしたいのですが」－「はい。かしこまりました」

17 ばん　正解 1

スクリプト

M：試験、うまくいったの？

F：1　まあまあだった。
　　2　難しい試験_{むずか}でしょうね。
　　3　さあ、知らないわ。

ポイント

M＝「（あなたは）試験、よくできた？」

F＝「わりあいによくできた。悪くなかった」

ことば

「うまくいく」go well　順利進行

18 ばん　正解 2

スクリプト

F：これ、よかったら召_めし上がってください。

M：1　おいしかったよ。ごちそうさま。
　　2　おいしそう。いただきます。
　　3　これ、おいしいねえ。

ポイント

F＝「これをどうぞ食べてください」

場面_{ばめん}：女の人は男の人に食べ物をすすめた。男の人はそれをこれから食べるところだ。The woman offered the man some food and he is going to eat it.　女子向男子推薦食物。男子正要吃那個食物。

第3回

19 ばん　正解 1

スクリプト

F：ねえ、あそこのあれ、何ていう花？

M：1　ええと、何だっけ。
　　2　あ、花にさわっちゃだめだよ。
　　3　あれがいいんじゃないかな。

ポイント

F＝「あそこにある花の名前を教えてください」

M＝「名前が思い出せません」

場面_{ばめん}：二人は向_むこうにある花を見ている。男の人は女の人に聞かれた花の名前を思い出そうとしている。The two are looking at the flowers in the distance. The man is trying to remember the name of the flower that she asked him. 兩人正看著對面的花。男子正努力回想著女子所問的花名。

⚠️

◇「何／だれ／どこ／いつ **だっけ**」＝忘れたことを思い出そうとするときの表現。 used when trying to remember something 回想忘記的事情時的表現。

◇2の例：「この花、きれいね」／「この花、折ってもいいですか」－「あ、花にさわっちゃだめだよ」

◇3の例：「あれがいいかしら」／「どれがいいでしょうか」－「あれがいいんじゃないかな」

20 ばん　正解 2

スクリプト

M：この書類、今日中にできないかなあ。頼むよ。

F：1　はい、今日中にお願いします。

　　2　ええっ？　今日中ですか。

　　3　はい、今日中にはできません。

ポイント

M＝「この書類を今日中に作ってほしい」

F＝「そんなに早く作るのは難しい」

場面：会社で上司が部下に急な仕事を頼んでいる。 In a company, a boss is telling his subordinate to do some work urgently. 在公司裡，上司委託緊急的工作給部下。

ことば

「書類」papers, documents 文件

⚠️

◇「今日中に」と言われたので、女の人はびっくりしている。でも、「できません」とは言っていない。The woman is surprised because she was told to do it "within today" but she is not saying "I cannot." 由於被告知要「今天內（完成）」，所以女子感到吃驚。但沒有說「做不到」。

21 ばん　正解 2

スクリプト

F：狭いところですが、どうぞお上がりください。

M：1　はい、おかげさまで。

　　2　はい、おじゃまします。

　　3　はい、またどうぞ。

ポイント

F＝「狭い家ですが、どうぞ中に入ってください」

場面：男の人が女の人の家に来た。玄関で、女の人は部屋の中に入るようにすすめた。男の人は入ろうとしている。The man came to the woman's house. At the entrance she invited him inside. The man is going to enter. 男子來到女子家。在玄關，女子邀請進到屋內。男子準備進去。

ことば

「おじゃまする」＝訪問する visit 訪問 ：「おじゃまします」は、人の家に入るときに言うあいさつの言葉としても使われる。「おじゃまします」 is also used when one enters somebody's house as a greeting. 「おじゃまします（打擾了）」也被用作進別人家裡時的應酬語。

⚠️

◇1の例：「病気が早く治って、よかったですね」／「仕事がうまくいって、よかったね」－「はい、おかげさまで」

◇3の例：「またおじゃましてもいいですか」－「はい、またどうぞ」

22 ばん　正解 3

スクリプト

F：あら、何かいいことあったみたいね。

M：1　えっ、どこにあった？

　　2　えっ？　何があったの。

　　3　うん、ちょっとね。

ポイント

F＝「あなたに何かいいことがあったようだ」

M＝「そう。ちょっといいことがあった」

場面：女の人には男の人のうれしそうな表情や様子が見えた。The woman could see his happiness from his expression and appearance. 女子看到男子好像很高興的表情和樣子。

⚠️

◇1の例：「さがしていた鍵、あったよ」－「えっ？　どこにあった？」

◇2の例：「ちょっといいことがあったよ」／「困った。どうしよう」－「えっ？　何があったの」

23 ばん　正解 1

スクリプト

M：長い間たいへんお世話になりました。

F：1　こちらこそ。どうぞお元気で。

　　2　はい、明日もがんばりましょう。

3　それはよかったですね。

ポイント

M＝「長い間いろいろ親切にしてくださって、ありがとうございました」

F＝「私もあなたにはお世話になりました。これからも元気でいてください」

場面：男の人は、ずっといっしょに仕事をしていた人、近所に住んでいた人など、今まで関係の深かった人と別れる。たぶんもう会えないので、別れのあいさつをしている。The man is going away from a person he has interacted with intensively, such as someone with whom he has worked for a long time, or a neighbor. He may not see her again and is saying good-bye to her.　男子向一直一起工作的人、住在附近的人等，這些日子以來關係很深的人道別。大概不會再見面了，在做道別的寒暄。

24 ばん　正解 2

スクリプト

F：上田さん、お子さんが亡くなったんですって。

M：1　それはご心配でしょう。

　　2　それはお気の毒に。

　　3　それは困りましたね。

ポイント

F＝「上田さんの子どもが死んだそうだ」

⚠

◇「お気の毒に」＝悲しいでしょうね／かわいそうに：人の不幸や苦痛に対して自分の同情を表す表現。　used to express one's sympathy for somebody's misfortune or suffering　對於他人的不幸和痛苦表示同情時的表現。

25 ばん　正解 2

スクリプト

M：今日は、ぼくがごちそうするよ。

F：1　どうぞご遠慮なく。

　　2　それはどうも。

　　3　手伝いましょうか。

ポイント

M＝「今日の食事代は私が払う」I will pay for today's dinner.　今天的飯錢我來付。

F＝「どうもありがとう」

ことば

「ごちそうする」treat　請客

「ご遠慮なく」＝遠慮しないでください

⚠

◇1の例：「すみません。お先に食事に行きますが……」「どうぞご遠慮なく」

26 ばん　正解 1

スクリプト

F：ああ、腹が立つ。

M：1　何をそんなに怒ってるんだ（ヽ）。

　　2　じゃあ、これ食べる？

　　3　じゃ、おなかの薬、飲んだら？

ポイント

F＝「今私はとても怒っている。とても不愉快だ」I am very angry now and feel disgusted.　我現在很生氣，很不愉快。

M＝「どうしてそんなに怒っているのか」

場面：女の人はとても怒っている。男の人は、その理由を聞いている。

⚠

◇「腹が立つ」＝怒っている（「私は怒っている」と言わないで「（私は）腹が立つ」と言う。）

27 ばん　正解 2

スクリプト

F：あ、課長、もうこんな時間ですよ、だいじょうぶですか。

M：1　よかった、間に合って。

　　2　あ、ほんとだ。急いで行かないと。

　　3　だいじょうぶだよ。もうこんな時間だから。

ポイント

F＝「もう行ったほうがいいですよ」

M＝「本当にそうだ。すぐに行かなければならない」

場面：女の人は、時計を見ながら課長に「もう時間だ」と知らせた。Looking at her watch, the woman let the section chief know that it's time for him to go.　女子一邊看時鐘，一邊告訴科長「時間到了」。

⚠

◇「もうこんな時間」＝もうこんなに遅い時間

第4回

28 ばん　正解 2

スクリプト

F：じゃあ、そろそろ失礼します。

M：1　いや、だいじょうぶだ。
　　2　え、もう帰るの？
　　3　心配しなくていいよ。

ポイント

F＝「もう時間ですから、帰ります」

M＝「帰らないで、まだここにいてください」

⚠

◇「そろそろ〜」＝〜の時間が近い　it's about time for 〜　到了〜的時間

◇「失礼します」＝（この会話での意味）帰ります／行きます

29 ばん　正解 3

スクリプト

M：あのう、ちょっと頼みにくいことなんだけど……。

F：1　ねえ、どうしましょうか（↘）。
　　2　頼んでみたらいいですよ。
　　3　え、何でしょうか（↘）。

ポイント

M＝「お願いするのは悪いと思うけど、でも、お願いしたい」

場面：男の人は、女の人に何か頼みたいと遠慮しながら伝えた。　The man hesitantly asked a favor of the woman.　男子很客氣地告訴女子有事拜託

⚠

◇2の例：「あの人に頼んでみようか。どうしようか」／「頼んだら、あの人やってくれるかなあ」ー「頼んでみたらいいですよ」

30 ばん　正解 1

スクリプト

F：ずいぶん忙しそうね。

M：1　うん。手伝ってくれない？
　　2　じゃあ、気をつけて。
　　3　え？　まだ仕事終わらないの？

ポイント

F＝「あなたはとても忙しそうだ」

M＝「忙しいので、手伝ってください」

⚠

◇「気をつけて」：人と別れるときに言う表現。used when parting from someone　和他人告別時所用的表現。

◇3の例：「私はまだ帰れません」ー「え？　まだ仕事終わらないの？」

31 ばん　正解 1

スクリプト

M：こちらでは、たばこはご遠慮ください。

F：1　え？　ここ、だめなんですか。
　　2　では、ここでいただきます。
　　3　いいえ、どうぞご遠慮なく。

ポイント

M＝「ここでたばこを吸わないでください」

F＝「ここでは、たばこを吸ってはいけないんですか。知りませんでした」

⚠

◇「ご遠慮ください」＝しないでください／してはいけません

◇2の例：「お食事は、どこでも好きなところで、どうぞ」ー「では、ここでいただきます」

◇3の例：「ここでたばこは吸えませんね」ー「いいえ、どうぞご遠慮なく」

32 ばん　正解 2

スクリプト

F：ああ、もうがっかりしちゃった。

M：1　うん、これで安心だ。
　　2　まあ、元気出して。
　　3　へえ、そうなんですか（↘）。

ポイント

F＝「とても残念だ」

M＝「そんなことを言わないで、がんばってください」

場面：女の人に何か残念なこと、失望すること、落胆することがあった。男の人は女の人をなぐさめ、はげました。The woman was upset, disappointed or discouraged by something that happened to her.　The man comforted and cheered her up.　女子遇到了遺憾的事、失望的事、沮喪的事。男子安慰和鼓勵了女子。

ことば

「がっかりする」 be disappointed　頹喪，失望

⚠

◇「もう～（し）ちゃった」〈強調表現 emphasis 強調表現〉　例：「もう、びっくりしちゃった」＝とても驚いた

◇1の例：「新しいかぎを付けました」－「うん、これで安心だ」

◇3の例：「4月に社長が替わるそうですよ」／「あの二人は結婚するらしいですよ」－「へえ、そうなんですか」

33 ばん　正解 3

スクリプト

M：あっ、あの山、あれ富士山でしょう？
F：1　ええ。天気がよければ見えるのに。
　　2　ええ。見えるといいですね。
　　3　ええ。今日は天気がいいからよく見えますね。

ポイント

M＝「あそこに見えるあの山は富士山ですね」
F＝「はい、そうです。今日は天気がいいからよく見えますね」
場面：二人で景色を見ている。今日は天気がいい。向こうに富士山がよく見える。The two are watching a scenery. The weather is nice today, so Mt. Fuji can be clearly seen in the distance. 兩人正看著風景。今天天氣很好。能清楚看到對面的富士山。

⚠

◇1の例：「今日は富士山が見えませんね」－「ええ。天気がよければ見えるのに」
◇2の例：「富士山、見たいなあ」－「ええ。見えるといいですね」

34 ばん　正解 1

スクリプト

F：わあ、どうしよう。授業、あと5分で始まっちゃう。
M：1　走れば間に合うんじゃない？
　　2　そうだね。まだだいじょうぶだね。
　　3　え？　まだ5分あるの？

ポイント

F＝「大変だ。授業が5分後に始まってしまう。間に合わないかもしれない」
M＝「走って行けば、間に合うだろう」

ことば
「間に合う」be in time, be able to make it　趕得上，來得及。

⚠

◇2の例：「授業が始まるまでまだ少し時間があるね」－「そうだね。まだだいじょうぶだね」
◇3の例：「急がなくてもいいですよ。まだ5分前です」－「え？　まだ5分あるの？」

35 ばん　正解 2

スクリプト

M：もっと注意するべきでした。すみません。
F：1　ああ、そうですか。
　　2　よく、気をつけてくださいね。
　　3　そうすればいいですよ。

ポイント

M＝「自分の注意が足りなくて、失敗をしてしまいました。すみません」
F＝「失敗しないように、よく注意をしてください」
場面：男の人が何か失敗（ミス）をして、女の人に謝っている。

⚠

◇「（注意する）べきだ」＝（注意し）なければならない

36 ばん　正解 3

スクリプト

F：昨日、あれからどうした？
M：1　うん、昨日したよ。
　　2　え、何をしたの。
　　3　すぐ帰ったよ。

ポイント

F＝「昨日、別れたあと、何をしたか」
M＝「すぐ家に帰った」
場面：昨日二人はいっしょにどこかで何かをした。女の人は、昨日別れたあと、男の人が何をしたか聞いている。The two were together yesterday doing something. The woman is asking him what he did after they separated yesterday. 昨天兩人一起在某處做了某事。女子問了男子昨天分開後做了什麼。

⚠

◇「あれから」＝別れてから／別れたあとで

第5回

37 ばん　正解 3

スクリプト

M：このセーター、色がちょっと。
F：1　あ、ほんと。きれいな色ね。
　　2　じゃ、それにする？
　　3　うん、デザインはいいのにね。

ポイント

M＝「このセーターは色があまりよくない」
F＝「そうだ。デザインはいいけれど、色はよくない」
場面：店でセーターを選んでいる。

ことば

「デザイン」design　款式，設計

38 ばん　正解 2

スクリプト

M：あれ？　今日は出張で出かけるんじゃなかったの？
F：1　そうですか。出張じゃないんですか。
　　2　出張は来週になったんです。
　　3　はい。今日は出張に行ってください。

ポイント

M＝「おや、あなたは、今日は出張で出かける予定でしたね。違いますか」
F＝「出張は来週になったので、今日は会社にいます」
場面：職場で、男の人は女の人の出張が来週に変わったことを知らなかった。今日はいないはずだと思っていたのに女の人がいるので、変だと思って質問した。At work, the man didn't know that the woman's business trip had been rescheduled to next week.　He asked her because he didn't expect to see her there today.　在工作單位，男子不知道女子出差改成下週。他認為今天女子應該不在，但女子卻在，覺得奇怪而提出疑問。

ことば

「出張」business trip　出差

⚠

◇　「あれ？」＝おや？：何かに気がついたとき、何かが変だと思ったときに言う言葉。　used when noticing something different or strange　發現什麼時，覺得奇怪時所用的詞語。

39 ばん　正解 2

スクリプト

F：病院へ行ったら、「心配いらない」って言われたよ。
M：1　じゃ、お医者さんに行きなさい。
　　2　そうか、よかったね。安心した。
　　3　そうか、それは困った。

ポイント

F＝「病院でみてもらったら、お医者さんが『だいじょうぶだ』と言った」

⚠

◇　「心配いらない」＝心配する必要はない／問題はない／だいじょうぶだ

40 ばん　正解 3

スクリプト

M：ここにごみを捨てては困りますよ。
F：1　ええ、そうです。
　　2　え、それは大変だ。
　　3　あ、すみません。

ポイント

M＝「ここにごみを捨ててはいけません。捨てないでください」
場面：女の人が、ごみを捨ててはいけない場所にごみを捨てた。男の人が「だめですよ」と言って注意した。

⚠

◇　「〜ては困ります」＝〜てはいけません／〜ないでください

41 ばん　正解 1

スクリプト

F：ごめん、待たせちゃって。
M：1　いや、ぼくも来たところだから。
　　2　いや、待ってるから、だいじょうぶだよ。
　　3　え、待っててくれるの？

ポイント

F＝「遅刻して、ごめんなさい」
M＝「ぼくも少し前に来たから、そんなに待たなかった」
場面：二人は待ち合わせをした。女の人は、遅く来たので男の人が待ったと思って、謝った。男の人は、「だいじょうぶだ。心配はいらない」と言った。The two met at a designated

place. The woman apologized to him because she came late and thought he had waited for a while. The man said not to worry. 兩人約好見面。女子因遲到讓男子久候而道歉。男子說「沒關係。不用擔心」。

⚠

◇「**待たせちゃって**」＝私はあなたを待たせてしまった＝私が遅くなったせいで、あなたは待たなければならなかった。悪かった。 I made you wait because I was late. I am sorry. 都因為我遲到而讓你久等了。對不起。

◇2の例：「遅くなるから、先に行って（♪）」－「**いや、待ってるから、だいじょうぶだよ**」

◇3の例：「ここで待ってるからね」－「え、**待っててくれるの？**」

42ばん　正解2

スクリプト

M：日本語の勉強を始めてから、どれくらいになりますか。

F：1　去年の4月に始めました。
　　2　6か月ぐらいです。
　　3　だんだん難しくなります。

ポイント

場面：男の人は、女の人が日本語の勉強をしている時間の長さを聞いた。The man asked the woman how long she had been studying Japanese. 男子問了女子日語學了多久的時間。

◇1の例：「いつ日本語の勉強を始めましたか」－「**去年の4月に始めました**」

◇3の例：「日本語の勉強はどうですか」－「**だんだん難しくなります**」

43ばん　正解1

スクリプト

F：まだ食べているの。早く食べちゃいなさいよ。

M：1　うん、わかった。
　　2　早く食べたいね。
　　3　食べちゃいけないの？

ポイント

F＝「早く食べてしまいなさい」
場面：女の人は食事中の男の人に早く食べ終えるように命令している。（女の人は母親や姉など、男の人より上の立場の人）The

woman is telling the man to finish his meal quickly. (Her status is superior to his, like his mother or older sister.) 女子命令正在吃飯的男子快點吃完。（女子是男子的母親、姐姐等，是男子的長輩。）

⚠

◇3の例：「あ、それはだめ」－「**食べちゃいけないの？**（＝食べてもいいでしょう？）」

44ばん　正解2

スクリプト

M：給料、上がらないかなあ。

F：1　うん、上がらなかった。
　　2　うん、上がるといいね。
　　3　うん、上がらない。

ポイント

M＝「給料が上がるといい」
場面：二人は、給料が上がってほしいと願っている。The two wish their salary would be raised. 兩人希望提高薪資。

ことば

「給料」 salary, pay　薪水

⚠

◇1の例：「給料、上がらなかったの？」－「うん、上がらなかった」

◇3の例：「給料、上がらないね」－「うん、上がらない」

45ばん　正解3

スクリプト

F：来週の月曜日、休みをいただきたいのですが。

M：1　はい、そうです。月曜日は休みです。
　　2　そうですね。じゃ、休みをもらいましょうか。
　　3　月曜日かあ。う〜ん、忙しい日だからねえ。

ポイント

F＝「来週の月曜日、仕事を休んでもいいですか」
M＝「月曜日は仕事が忙しい日だから、あなたが休むと困る。休まないでほしい」
場面：男の人は女の人の上司。彼は、はっきり言わないが、「休まないでほしい」という気持ちを表している。The man is the woman's boss. He is not saying straightforwardly, but is implying he doesn't want her to take a day off then. 男子

是女子的上司。他雖然沒有直接說，但表現了「希望不要請假」的心情。

⚠

◇1の例：「月曜日は休みですか」－「はい、そうです。**月曜日は休みです**」

◇2の例：「私たち、ずっと忙しかったから、少し休みたいですね」－「**そうですね。じゃ、休みをもらいましょうか**」

課題理解　ポイント理解　概要理解　発話表現　即時応答

内容理解 短文

第1回

1番　正解3

ことば

「古くから」＝昔から

「愛する」 love　喜歡，愛

「桜」 cherry blossoms　櫻花，櫻花樹

「名所」 sightseeing spot　名勝（古蹟）

「7世紀」 the seventh century　7世紀

「神」 God　神

「守る」 defend, protect　守護

「表す」 indicate, show, express　表示，表現

「時期」 time, period　時期，期間

「差」 difference　差，差別

「特徴」 feature, characteristic　特徵，特點

「順番」 in order, in turn　按照順序，依次

「半ば」 around the middle　中央，中間，半途

「最も」 most　最

「満開」 in full blossom　盛開

「〜過ぎ」 after 〜　過，超過

「散る」 fall　落，散，謝，凋謝

ポイント

◇この山には桜の木がたくさんある。4になると、桜の花が山の下から上に向かって順番にさいていく。山の一番高いところの桜が満開になるのは、4月20日過ぎだ。⇒この山の桜の花は4月のはじめから4月20日過ぎまで長い間楽しむことができる。

⚠

◇「神の木として」＝「神の木」だと考えて

◇「美しさは、言葉では表すことができません」＝非常に美しい

◇「さく時期に差がある」＝早くさくところと、遅くさくところがある

📖 p.82 の答え

①この山の桜の花は（　さく時期　）が同じではない。

②4月のはじめに（　山の下　）の桜がさき始める。

③山が一番きれいになる時期は（　4月半ば　）だ。

④山の（　一番高いところ　）の桜の花が満開になるのは4月20日過ぎだ。そのころには山の（　下　）のほうの桜の花は散って葉になる。

1　この山の桜は一度にさかないで、下の方から順番にさく。The cherry blossoms on this mountain do not bloom all at once, but they bloom in order from the bottom.　這座山的櫻花不是一次全開的，是從山下依序開花。

2　4月20日ごろに山の上の桜が満開になる。

4　この山の桜がさく時期は4月の初めごろから4月20日ごろまでだ。

2番　正解1

ことば

「同僚」 co-worker　同事

「飲みに行く」 go to drink alcohol　去喝酒

「しかたなく」 reluctantly　沒辦法

「行き先」 where to go　的地方，目的地

「高速道路」 expressway　高速公路

「かなり」 considerably　很，非常

「酔う」 get drunk　醉，酒醉

「いつの間にか」 without one's knowledge　不知何時

「気がつく」 come to oneself　清醒

「目の前」 in front of one　眼前

「料金」 fare, fee　費用

「長距離」 long distance　遠距離

「加わる」 be added　加上

「とんでもない」 tremendous, outrageous　出乎意料

「額」 amount of money　金額

「安月給」 low salary　低薪資

「文句」 complaint, grumble　意見，牢騷，話語

ポイント

◇私は酔っぱらってタクシーで帰った。タクシーの中で寝てしまった。気がついたら家の中にいて、妻が怒っていた。I got drunk and went home by taxi, then fell asleep in the taxi. I later found out I was in my home and my wife was angry.　我喝醉坐計程車回家。在計程車中睡著了。清醒後已在家中，妻子在發火。

◇タクシーの料金は妻が払った。長距離で高速道路代も加わったので、料金はとても高かった。妻は、「月給が安いのに」とずっと文句を言っていた。My wife paid the taxi fare. It was extremely expensive because it was a long distance and the expressway charge was included. My wife kept on complaining saying "when you get only a small salary."

車資是妻子付的。因遠距離再加上高速公路費，車資很貴。妻子不停地抱怨「明明薪水就那麼低……」。

⚠

◇「私が急いでいると見たのか」＝私が急いでいると思ったからか

「～と見る」＝～と判断する／と思う　judge that / think that ～　判斷是～／認為是～

◇「よく考えずに」＝よく考えないで

◇「長距離のうえに高速道路代まで加わって」＝長距離の料金だけでなく高速道路の料金も入って including not only the long distance fee but also the expressway charge　不只是遠距離的車資，連高速公路的過路費也在裡面。

◇「～のうえに～まで」＝～だけでなく～も

◇「安月給なのに……」＝月給が安いのに高いタクシー料金を払うのは困る

🔖 p. 83 の答え

①私は同僚と飲みに行って遅くなり、（　タクシー　）で帰った。

②タクシーの運転手は（　高速道路　）を利用した。

③タクシーの中で（　寝てしまった　）。

④気がついたら家の中にいて、妻が（　怒っていた　）。

⑤（　妻　）がタクシーの料金を払った。

⑥タクシーの料金はとても（　高かった　）。

⑦妻は、「（　安月給　）なのに……」と文句を言い続けた。

選択肢について

2、3、4　筆者の妻が怒っているのは、高いタクシー料金を払ったこと。

3番　正解4

ことば

「市内」in(side) the city　市內

「事件」case, incident　事件

「犯人」criminal　犯人

「肩」shoulder　肩，肩膀

「車道」roadway　車道

「携帯電話」cellphone　手機

「カード（キャッシュカード）」card (cash card, bank card)　卡（提款卡、信用卡）

ポイント

◇犯人は自転車に乗っているので、自転車が通

る車道側の肩にかばんをかけないほうがいい。Because the criminal rides a bicycle, you should not hang your bag on your shoulder on the roadway side. 因為犯人騎著腳踏車，靠近腳踏車道一側的肩上不要背包包比較好。

🔖 p. 84 の答え

①夜遅い時間に（　歩いて　）帰る女性が（　かばんをとられる　）という事件が増えている。

②犯人は（　自転車　）に乗っていることが多い。

③かばんを肩にかけるときは（　車道側ではない　）ほうの肩にかけたほうがいい。

選択肢について

1　「かばんを肩にかけてはいけない」とは言っていない。

2　「犯人は自転車に乗っていることが多い」と言っている。

3　これは、かばんをとられないようにする方法ではない。（かばんをとられたときに困らないように、「かばんに家のかぎや携帯電話を入れておかないほうがいい」と言っている。）This is not how to prevent from getting your bag snatched. It says you should not put your house key or cellphone in your bag in case you get robbed of your bag. 這不是預防包包被搶走的辦法。而是說明包包被搶後為了不要太困擾，家裡的鑰匙、手機不要放進去比較好。

4番　正解2

ことば

「先日」the other day　前幾天

「突然」without notice　突然

「かかわらず」although, in spite of　盡管

「時間を作る」make time　騰出時間

「その上」on top of that, moreover　加上

「ごちそうになる」be treated　被請客

「不安」uneasiness, anxiety　不安

「改めて」anew, afresh　重新，再

「目標」goal　目標

「確認する」confirm, make sure　確認

「努力する」make an effort　努力

「結果」result　結果

「報告する」inform, report　報告

「訪問する」visit　訪問

「奥様」your wife (a polite expression to call someone's

wife)（別人的）妻子

ポイント

◇チャンさんは心配なことを相談しに山田先生の家に行った。先生に話を聞いてもらったら、不安がなくなった。

⚠

◇「突然おうかがいしたにもかかわらず」＝連絡をしないで急に訪問したのに

◇「お時間を作っていただき」⇒チャンさんは行く前に連絡をしないで急に訪問したが、先生は「時間がないからだめだ」と言わないで、チャンさんと話したり、食事をしたりした。

◇「その上お食事までごちそうになり」＝話を聞いてもらっただけでなく、食事もごちそうになって⇒行く前は食事をごちそうになるとは思っていなかった。

◇「よろしくお伝えください」：「(先生の奥様に)私の感謝の気持ちを伝えてほしい」というあいさつの表現。a greeting meaning "I want you to tell your wife I really appreciate it." 請向（師母）傳達我的謝意。

📖 p. 85 の答え

①チャンさんは、（ 話を聞いてもらう／相談する ）ために山田先生の家に行った。

②先生に相談して、不安が（ 消えた／なくなった ）。

③（ （先生の）奥様 ）が作った料理をごちそうになった。

選択肢について

3 「よい結果をご報告できるようにがんばります」⇒まだ結果は出ていないので、報告はできない。

1、4 「お時間を作っていただき、その上お食事までごちそうになり、ありがとうございました」⇒手紙を書いた人が一番感謝しているのは時間を作っていただいたこと。「その上」は「それに加えて」という意味なので、食事をごちそうになったことは、それに付け加えられていること。だから、食事をごちそうになったことも、食事を用意してくれた奥様にお礼を言うことも、一番伝えたいことではない。What the writer of the letter thanks most for is that the teacher kindly made time for him. 「その上」means "on top of that" and so

having been treated is something secondary. Therefore, having been treated or saying thanks to his wife are not what the writer wants to say most. 寫信的人最大的感謝是對方騰出時間。「その上」是「再加上」的意思。請我吃飯是附加的事。所以，請我吃飯、對特地準備飯菜的師母說感謝的話並不是最想傳達的事。

第2回

1番　正解 3

ことば

「人気」popularity　人氣

「人気が高い」＝とても人気がある

「やって来る」＝こちらに来る

「歌声」singing voice　歌聲

「感動する」be moved　感動

「昨年」last year　去年

「発売する」be released　發售，出售

「ＣＤ」compact disc　CD，光碟

「全〜」whole 〜 , entire 〜　全〜

「売り上げる」sell　售出

「宣伝」advertisement　宣傳

「来日」visiting to Japan　來日本

「主(な)」main　主要（的）

「目的」purpose　目的

「半年」a half year　半年

「(時間を) かける」spend/take (time)　花（時間）

「各地」various places　各地

「時期」time, period　時期

「空いた時間」spare time, free time　空閒時間

「観光」sightseeing　觀光

「出演する」appear　演出

ポイント

◇来月新しいＣＤが発売される。そのＣＤの宣伝が「wee」の来日の主な目的だ。

◇来月からアメリカ各地でコンサートをする予定だが、その前にＣＤを日本で宣伝したいと考えている。

◇日本にいる間にテレビ番組にも出演する。

◇観光や買い物もするが、それは空いた時間にすることなので、来日の目的ではない。They will do sightseeing or shopping as well, which they will do in their free time and is not the purpose of their visit to Japan. 也有觀光和購物，但那是用空閒時間做的

事，並不是來日本的目的。

⚠

◇「来月から半年かけて」＝来月から半年間

◇「日本にいるのは１週間と短い」＝日本にいるのは１週間だけだから短い

📷 p. 86 の答え

①来月また新しい（　CD　）が発売される。

②来月からアメリカ各地で（　コンサート　）を行う。

③日本に来る目的は（　CDを宣伝する／CDの宣伝をする　）ことだ。

④彼女たちは、（　空いた時間　）に観光や買い物を楽しみたいと言っている。

⑤日本にいる間に（　テレビ番組／テレビ　）にも出演する予定だ。

選択肢について

1　日本に来る目的はCDの<u>宣伝</u>。販売ではない。

2　「<u>その前</u>にしっかり宣伝しておこうということのようです」⇒来日するのは、コンサート・ツアーが始まる前に、来月発売される<u>CDを宣伝しておきたい</u>からだ。コンサートの宣伝が目的ではない。

4　観光や買い物は<u>空いた時間</u>にすることなので、来日の目的ではない。

2番　正解4

ことば

「現代（げんだい）」present times, now　現代

「パソコン」PC　電腦

「携帯電話（けいたいでんわ）」cellphone　手機

「画面（がめん）」screen　螢幕

「疲れ（つかれ）」tiredness, fatigue　累

「感じる（かんじる）」feel　感到

「すすめる」recommend　提議，建議

「体操（たいそう）」exercise　體操

「読書（どくしょ）」reading books　讀書

「緊張（きんちょう）」tension　緊張

「閉じる（とじる）」close　閉，關閉

「動かす（うごかす）」move　動，移動

「くりかえす」repeat　反覆

「筋肉（きんにく）」muscle　肌肉

「かなり」quite, rather　很，非常

「とれる」be removed　解除

ポイント

◇目を閉じたり開いたり、瞳の体操をしたりすると目のまわりの筋肉がやわらかくなって、疲れがとれる。Exercising by closing and opening your eyes, or moving your pupils makes the muscles around the eyes soften and get rid of tiredness.　眼睛一閉一張，做眼部體操，讓眼睛周圍的肌肉放鬆，能解除疲勞。

⚠

◇「パソコンを使った後や読書をした後に目が疲れ<u>るのは</u>、近くの物を見続けることによって、目のまわりの緊張が続く<u>からです</u>」

「AのはBからだ」＝Aの理由はBだ　The reason for A is B.　A的理由是B。

📷 p. 87 の答え

①現代の生活では（　目の疲れ　）を感じている人が多い。

②近くの物を見続けると、目のまわりの（　緊張　）が続く。If you keep looking at things closer, the tension around your eyes will continue.　一直看近物的話，眼睛周圍的緊張會一直持續著。

③目を（　閉じたり　）開いたり、瞳を上下左右に（　動かす　）体操をしたりすると、目のまわりの筋肉が（　やわらかくなって　）、疲れがとれる。

選択肢について

1　近くにあるものを見続けると、目が疲れてしまう。

2　目のまわりの筋肉をやわらかくすると目の疲れがとれる。強くするのではない。

3　目の体操をするのは、目が疲れたとき。目を使う前ではない。

3番　正解4

ことば

「旅（たび）」travel　旅行

「発見（はっけん）」discovery　發現

「出会い（であい）」encounter　相遇

「様々（さまざま）（な）」various　各式各樣（的）

「感じる（かんじる）」feel　感到

ポイント

私は旅に出るといつも新しい発見をする。

⇒新しい発見とは、いろいろなものを見て、聞いて、食べて、感じて考えることだ。これが経験になって、私は大きくなる。New discoveries are to see, hear, eat, and feel various things, and to think.　These things become my experiences and make me grow up.　新發現就是看、聽、吃、感覺各式各樣的事物進而思考。這些都會成為經驗，並且讓我成長。

🔊 p. 88 の答え

①旅に出ると新しい（　発見　）がある。

②様々なものを見て、聞いて、食べて、（　感じて　）、（　考える　）ことが、人が「大きくなる」ということだ。

③旅行に出かけるときより、（　戻る　）ときのほうが、荷物が重く感じる。それは、旅の間にした（　経験　）の重さだろう。

選択肢について

この文章の「大きくなる」という意味は、旅をしていろいろな経験が増えて成長すること。

1　体が大きくなることではない。

2　悪い発見が増えることではない。

3　荷物が増えることではない。

4番　正解2

ことば

「カセットボンベ」gas cartridge　卡式瓦斯罐

「バーベキュー」barbecue　燒烤

「ごみ収集車」garbage truck　垃圾車

「ごみ処理場」refuse dump　垃圾處理場

「中身」content　內容，容納的東西

「使い切る」use up　全部用完

「穴を開ける」make a hole　開洞，打洞

「資源ごみ」recyclable waste　資源回收垃圾

「危険物」hazardous material　危險物品

「直接」directly　直接

「持ち込む」bring in　帶入

「方法」way　方法

「無料」free of charge　免費

「問い合わせ」contact, inquiry　查詢，詢問，打聽

「ごみ処理センター」refuse disposal center　垃圾處理中心

ポイント

カセットボンベの捨て方

❶「資源ごみ」の日に出す。

　注意：中身を使い切る。カセットボンベに穴を開ける。無料。

❷「特別ごみ」の日に出す。

注意：中が見える袋に入れる。危険物として、ほかのごみと分ける。穴は開けなくてもいい。無料。

❸「ごみ処理場」に持っていく。

　注意：❷と同じ。

⚠

◇「ごみとして」＝ごみだと考えて

◇「缶として出してください」＝缶を捨てるところに捨ててください

🔊 p. 89 の答え

①カセットボンベを捨てるときは、中身を（　使い切って　）から、（　穴を開けて　）、資源ごみの日に缶として出す。

②穴を開けられない場合は、（　中が見える袋　）に入れて、特別ごみの日に出す。

③（　ごみ処理場　）に持ち込むこともできる。その場合は、（　中が見える袋　）に入れて危険物だとわかるようにする。

④どの方法も（　無料　）だ。

選択肢について

1　穴を開けられない場合は、中が見える袋に入れれば、特別ごみの日に捨てることができる。If you cannot make a hole, you can put it into a see-through bag and throw it on the special dump day.　不能開洞的情況下，放進能看見內容物的袋子中，可以在特別垃圾日丟棄。

3　穴を開けてもらうためにごみ処理場に持っていくのではない。You do not take it to the dump station to get it drilled a hole.　並不是為了開洞才拿去垃圾處理場。

4　「どの方法で出す場合も無料です」⇒ごみ処理場に持っていく場合だけ無料になるのではない。資源ごみの日に出す場合も、特別ごみの日に出す場合も、どれも無料。

内容理解 中文

第1回

1番

問1　正解4
問2　正解2
問3　正解1

ことば

「先日（せんじつ）」the other day　前幾天，日前
「年寄り（としより）」the elderly　老年人
「～扱（あつか）いをする」treat a person/thing like ～　以～對待
「不自由（ふじゆう）（な）」handicapped　不自由（的），不方便（的）
「譲（ゆず）る」give up (one's seat)　讓，謙讓
「ちゃんと」appropriately, without fail　好好地
「守（まも）る」obey, follow　守護
「がっかりする」be disappointed　失望，沮喪
「にっこり（笑（わら）う）」smile　莞爾（一笑）

ポイント

①起（お）こったこと：バスの中で女の子が女性に席（せき）を譲（ゆず）った。女性は断（ことわ）った。
「その女性は少し怒（おこ）ったような顔で、『いいわよ』と言った」

◇「いい」は、断りの表現にもなる。この文章（しょう）では「怒ったような顔」とあるので、「いいわよ」が断りだとわかる。「いい」also expresses declining.「怒ったような顔 (mad-like face)」in this sentence shows「いいわよ」means no thank you.「いい」也可成為拒絕的表現。因為文章裡有「怒ったような顔（好像生氣的臉）」，所以知道「いいわよ」是拒絕的表現。

例：A「何か飲みますか」B「いいえ、いいです。さっきコーヒーを飲みましたから」
◇「～わ」は、女性が話（はな）し言葉（ことば）で文末（ぶんまつ）に使う助詞（じょし）。「～わ」is a particle used at the end of a sentence and is used colloquially by women.「～わ」是女性說話時使用的尾助詞。

②「私」の考え：女の子は教えられたことをちゃんと守って席を譲ったのだろう。女性はそのことを理解して座（すわ）るべきだったのに、断ってしまった。それはよくなかった。残念（ざんねん）だ。

The girl maybe gave up her seat following what she was taught to do. The woman should have understood that and taken the seat, but declined, which was not good,

was a shame.　女孩一定是遵守所受的教育而禮讓座位。女士應該要理解這點並接受讓座，但她拒絕了。這不太好，很遺憾。

＜問1のカギ＞

「女性は、それを理解して『ありがとう』と言って座ればよかったのに」＝女の子が席を譲ったのは、そうしなさいと教えられていたからだろう。女性がそれを理解しないで座らなかったのは、よくなかった。残念だ。

The girl gave up her seat maybe because she had been taught to do so. It was not good and was a shame that the woman did not understand it and did not take the seat.　女孩之所以讓位，是因為被教育要這樣做。女士不能理解這點而沒有就座，不太好。很遺憾。

◇「Aばよかったのに」＝Aしなかったのは、よくなかった。残念だ：Aしなかったことを非難（ひなん）する表現。criticizing that one did not do A. 責備沒有做A時的表現。

例：「すぐに病院へ行けばよかったのに」＝すぐに病院へ行かなかった。それはよくなかった。

＜問2のカギ＞

「『お年寄りや体の不自由な人がいたら、席を譲りなさい』と教えられているのをちゃんと守って立ったのだろう」⇒「私」は、女の子が教えられていることを正しく守ったと考えている。女の子のしたことは正しくてよかったと評価（ひょうか）している。"I" think the girl rightfully followed what she was taught to do, and what she has done deserves appreciation. 「我」認為女孩正確地遵守了被教育的道德觀念。女孩所做的事是對的、好的。

◇「ちゃんとAする」＝正しく／まちがいなくAする

＜問3のカギ＞

「彼女は『はい』とにっこり笑ってバスを降（お）り、走って行った」⇒女の子は笑って答えたし、走って行った。その様子（ようす）を見て、「私」は女の子がそんなにがっかりしていないようだ、元気そうだと思って安心した。The girl replied with a smile and ran away. Seeing her do so, "I" was relieved thinking she was not so disappointed and seemed fine.　女孩笑著回答並跑著離去。看到這樣，「我」覺得女孩沒有感到沮喪，看起來很有朝氣的樣子，我安心了。

選択肢について

問1　女性がしたことについて思ったこと
1　「ありがとう」と言ったのはよかった。

内容理解　短文　内容理解　中文　内容理解　長文　情報検索

（「ありがとう」とは言わなかった）

2 「いいわよ」と言った理由が理解できない。
（「いい気持ちがしなかったのかもしれない」と
理由を推測しているから、「理解できない」とは
言えない）

3 女性が座ったので安心した。
（座らなかった）

問2 女の子がしたことについて思ったこと

1 女性を年寄りだと思ったのはよくなかっ
た。（「よかった」とも「よくなかった」とも言って
いない）

3 女性をいやな気分にしたのはよくなかった。
（「よかった」とも「よくなかった」とも言ってい
ない）

4 女性に笑って答えたのはよかった。
（女性に対して笑ったのではない。「私」に笑って
答えた）

問3 「少し安心した」理由

2 女の子がバスを降りたから
（「元気な様子でバスを降りたから」なら○）

3 女の子が傘を持っていたから
（直接の理由ではない）

4 女の子が教えられたことを守ったから
（直接の理由ではない）

2番
問1 正解1
問2 正解4
問3 正解2

ことば

「レジ袋」＝店のレジでくれる袋。買った物を
入れる。

「かご」basket　籃子，（購物）籃
「協力」cooperation　協力
「投書」letter to the editor　投稿，寫信
「直接」directly　直接
「～のせいで」because of ～　由於～的原因
「コミュニケーション」communication　交流，溝通
「減る」decrease　減少
「使用」use　使用
「大した～ない」not all that ～　沒什麼～的
「内容」content, substance　內容

「商店」store　商店
「商品」merchandise　商品
「勧める」recommend　推薦

ポイント

① 「ノー・レジ袋カード」：スーパーのレジでこ
のカードを使うと、店員と話をしなくても「レ
ジ袋は要りません」と伝えることができる。 If
you use this card at the cashier of a supermarket, you can
let them know you don't need plastic bags without talk-
ing to them.　在超市的收銀櫃用這張卡的話，不用跟
店員說話也能傳達「不需要購物袋」。

② 投書をした人の考え：「ノー・レジ袋カード」
は使いたくない。このカードを使うと、会話を
しなくなるので、コミュニケーションの機会が
減ってしまうからだ。I don't want to use the "no
plastic-bag card," because by using the card, I do not
need to talk and so the chance of communication will
lessen.　不想用〝不需要購物袋〞的卡。用這張卡的
話就不用說話，交流的機會會減少。

③ 「私」の考え：投書した人の考えには賛成しな
い。「袋は要らない」と伝える会話は簡単であ
まり内容がないので、良いコミュニケーション
にはならないからだ。小さい店で客が店員に商
品について相談するときのような、もっと内容
のある会話がスーパーでは行えないことのほう
が残念だ。I don't agree with the person who wrote
this. To tell the cashier "I don't need a bag," is too sim-
ple a conversation with little content. It is more of a
shame that we cannot have more meaningful conversa-
tions in supermarkets, such as between a customer con-
sulting with a clerk regarding merchandise in a small
store.　不贊成投稿人的想法。因為〝不需要購物袋〞
的對話很簡單，也沒什麼內容，並不能成為好的溝
通。在超市不能像小商店那樣，顧客能和店員討論商
品般更具有內容的對話，這點比較遺憾。

＜問1のカギ＞
「客と店員が『レジ袋は要りませんよ』『はい、
ご協力ありがとうございます』というような会
話をしないですむ」

＜問2のカギ＞
「カードのせいで人と人のコミュニケーション
の機会が減ってしまうのは残念だ」＝会話が少
なくなるのは残念だ。会話があるほうがいい。

内容理解 短文　内容理解 中文　内容理解 長文　情報検索

＜問3のカギ＞
「例えば小さい商店で、どの商品がいいか相談したり、店の人が客に合う品を勧めたりするようなコミュニケーションが、今のスーパーではしたくてもできない」⇒スーパーでは、レジ袋カードを使わない場合にも良いコミュニケーションが行えない。

選択肢について

問1　「ノー・レジ袋カード」の便利な点
2　会話をしなくてもお金が払えること
　　（「レジ袋は要らないと伝えることができる」なら○）
3　客と店員の会話が簡単にできること
　　　　　　　（「会話がなくてすむ」なら○）
4　客が店員に言葉で直接伝えられること
　　（「言葉ではなくカードで伝えられる」なら○）

問2　「ノー・レジ袋カード」を使いたくない理由
1　カードの使い方がわかりにくいから
　　（カードをかごに入れるだけだから、わかりやすい）
2　必要なレジ袋をもらえないのは残念だから
　　（「要らない」と伝えない場合はもらえる）
3　自分の買い物袋を持っているから
　　（袋を持っている場合でも、「カードを使いたくない」と言っている）

問3　店で行われるコミュニケーションについての「私」の考え
1　レジで行われるコミュニケーションは簡単なほうがいい。
　　（これは言っていない）
3　小さい店はコミュニケーションの機会が少ないので残念だ。
　　（「スーパー」なら○）
4　レジでカードを使わなければコミュニケーションが増えるだろう。
　　（これは投書をした人の考えで、「私」の考えではない）

3番
問1　正解4
問2　正解2
問3　正解3

ことば

「バラ」rose　玫瑰
「不可能（な）」impossible　不可能（的）
「自身」itself　自身，自己
「方法」method　方法
「種類」kind　種類
「なかなか～ない」not easily ～　沒有～，不容易有～，很難有～
「ついに」finally　終於
「花言葉」floral language　花的象徵語，花語
「奇跡」miracle　奇蹟

ポイント

①長い間、「青い色のバラを作ることはできない」と考えられていた。
②研究者は、ほかの青い色の花の力を自分の力に変えられるバラを見つければ青いバラができると考えて、研究を始めた。Researchers started their research thinking if they could find the roses that can move the power of other blue flowers into their own, they might be able to create blue roses.　研究者認為，如果找到把別的藍色的花的力量變成自己的力量的玫瑰的話，就能完成藍色的玫瑰，於是開始研究。
　◇「～というわけではありません」＝～ではありません
　　どの種類のバラでもいいというわけではありません。＝ある特別な種類のバラ（ほかの青い色の花の力を自分の力に変えられるバラ）ならいいです。
③ほかの花の力を自分の力に変えられるような種類のバラを見つけるのに時間がかかったが、14年後に成功して、青いバラができた。It took them a long time to find the kind of roses that can move the power of other flowers into their own, but they finally succeeded after 14 years and could give birth to blue roses.　找到把別的花的力量變成像自己的力量的種類的玫瑰非常費時，但14年後成功了，完成了藍色玫瑰。

＜問1のカギ＞
「昔からずっと『青いバラは作ることができない』と言われてきました。バラにはもともと青い色を作る力がありません。それで英語の『blue rose』という言葉には『不可能』という意味があります」
＜問2のカギ＞

「ほかの花の力を自分の力に変えられるものを探しました」

＜問3のカギ＞

「青いバラの花言葉は『普通では考えられないことが起きる』という意味の『奇跡』です」

選択肢について

問1　「不可能な花」と言われる理由

1　バラはほかの花の力を使うことができないから
　（全部のバラができないのではない。できる種類もある）

2　バラは青い花の力を借りることができないから
　（全部のバラができないのではない。できる種類もある）

3　青いバラを作る研究ができないから
　（研究は行われた）

問2　「ほかの青い花からその力を借りる」の意味

1　ほかの種類のバラの力を貸してもらう。
　（「ほかの青い花」なら〇）

3　青い色を作るバラの力をほかの花に与える。
　（「ほかの花の力をバラに与える」なら〇）

4　青い色を作る力があるほかの花を探す。
　（「探して見つけたら、その力を自分の力に変える」なら〇）

問3　青いバラの花言葉が「奇跡」である理由
「普通では考えられないこと」ができたから、花言葉が「奇跡」になった。しかし、1、2、4は「普通では考えられないこと」ではないから「奇跡」ではない。

第2回

1番
問1　正解2
問2　正解4
問3　正解3

ことば

「ちょっとしたこと」＝小さいこと
「先日」the other day　前幾天，日前
「突然」suddenly　突然
「刺す」stab　刺
「事件」case, incident　事件
「専門家」specialist　專家
「行動」behavior　行動

「いらいらする」feel irritated　焦慮
「怒りっぽい」＝すぐ怒る
「規則正しい」orderly, well-regulated　有規則的
「塾」cram school　補習班
「胃腸」stomach and intestines　胃腸
「調子」condition　情況，樣子，音調
「結果」result　結果
「その結果」as a result　那樣做的結果
「不安定(な)」unstable　不安定（的）
「栄養」nutrition　營養
「気を付ける」pay attention　小心
「成長期」one's growth period　成長期
「健康」health　健康

ポイント

①問題点：小さいことですぐに怒る子どもが増えている。More children get upset easily about trivial matters.　因為一點小事而生氣的小孩逐漸增加。

②原因：規則正しい食事をしないと体の調子が悪くなって、その結果、心も不安定になる。不規則な食事のし方が一番大きな原因だ。If you fail to have a regular diet, your physical condition will go bad and as a result your mental health will go unstable. An irregular diet is the biggest cause.　如果沒有規則地用餐的話，身體就會變差，結果情緒也會不穩定。不規則地用餐是最大的原因。

③この文章を書いた人が言いたいこと：子どもの心の健康のためには、規則正しく食事をすることが大切だ。

＜問1のカギ＞
「最近、ちょっとしたことで怒る子どもが増えている。先日も、いつもはまじめに勉強していた子が突然友だちをナイフで刺すという事件が起こった」Recently more children get upset easily about trivial matters. The other day there happened an incident in which a normally hardworking boy suddenly stabbed his friend with a knife.　最近，因為一點小事而生氣的小孩逐漸增加。前幾天，就發生一起總是認真學習的小孩突然用刀刺向朋友的事件。

＜問2のカギ＞
「今の子どもたちは、一日三回の規則正しい食事ができないことが多い。・・・こんな食事のし方を続けていると、夜眠れなくなったり、胃腸の調子が悪くなったりして、その結果、心も不安定になる」Children nowadays often cannot have regular three-meals-a-day diets. If they keep their diet this

way, they will become unable to sleep at night, have problems in their stomach and intestines, and as a result their mental state will become unstable. 現在有很多的小孩不能有規則地一天吃三餐。如果這樣的用餐方法持續下去的話，會失眠、腸胃不好，結果情緒不穩定。

＜問3のカギ＞

「『何を食べるか』よりもっと大切なのは、『どのように食べるか』である。… 食事の習慣についてもっと注意することが必要だ」What is more important than "what you eat" is "how you eat." We need to pay more attention to our dieting habits. 比〝吃什麼〞更重要的是〝怎麼吃〞。對用餐的習慣有必要更加注意。

◇ 「Aというものではない」＝Aではない（Aの文を否定する）

「栄養に気をつければそれでいい、というものではない」＝栄養に気をつけるだけではだめだ

選択肢について

問1 「そのような行動の原因」とは？

1 なぜまじめに勉強すると怒りっぽくなるのか。
（この二つのことの関係は問題ではない）

3 どうして教育の専門家が意見を言うのか。
（問題は子どもの行動）

4 何のために子どもがナイフを持っているのか。
（問題はナイフを持っていることではなく、刺すこと）

問2 「こんな食事のし方」とは？

1 塾へ行く前にラーメンや菓子を食べること
（これは不規則な食事の一例。これだけではない）

2 塾から帰った後で食事をすること
（これは不規則な食事の一例。これだけではない）

3 甘いものをとりすぎること
（「何を食べるか」は食事の「し方」ではない）

問3 言いたいこと

1 親は子どもが何を食べるかについて注意するべきだ。
（「どのように食べるか」なら〇）

2 成長期の子どもをもつ親は食事の栄養に気をつけるべきだ。
（「食事のし方」なら〇）

4 子どもの教育には食事の習慣が大切だ。

（「心の健康」なら〇）

2番

問1 正解2

問2 正解1

問3 正解3

ことば

「受験」(college) entrance examination 考試，應試

「受験勉強」studying for entrance exams （讀書）準備考試

「苦しむ」suffer 受折磨

「災害」disaster 災害

「演奏」musical performance 演奏

「声があがる」an opinion is raised 有人説

「いっそう」＝前よりもっと

「もとの」＝前の

「乗り越える」overcome 度過，跨過

「あらためて」＝もう一度／また

「注目する」take notice of 引人注意

ポイント

①この文章を書いた人にとって音楽は：絶対に必要なものではないが、苦しいときや悲しいときに力をくれて、元気にしてくれた。… is not something absolutely necessary, but gave me strength and made me feel better when I was suffering or feeling sad. 不是絕對必要的東西，但在痛苦、悲傷時給我們力量，讓我們變得有精神。

②人々にとって音楽は：災害の後、音楽が一度消えてしまったとき、人々は前よりもっと暗い気持ちになった。この経験から人々は「音楽は人に力を与える」ということがわかった。 When music disappeared at one time after the disaster, people felt even more gloomy. Through this experience they found that "music gives strength to people." 災害後，有一陣子音樂消失時，人們的心情比以前更悲傷。從這個經驗中人們瞭解到〝音樂給人力量〞。

＜問1のカギ＞

「❶それがないと生きていけない、というほど大切なものだとは思わない。❷けれども、受験勉強に苦しんでいたとき、友人と別れてさびしく思っていたとき、私は音楽からどれだけ力をもらったことか」：❶の文では「音楽はそれほど大切ではない」と言っている。しかし、❷の文の頭に「けれども」があるので、

❷の文は❶と反対の「音楽は大切だ」という意味になると推測できる。In Sentence ❶, the writer says "Music is not that important." But at the beginning of Sentence ❷, you see "けれども (however)", so you can guess that Sentence ❷ means "Music is important" which is the opposite of ❶. 句子❶敘述了〝音樂不是那麼重要〞，但是，句子❷的開頭有「けれども（但是）」，可以推測，句子❷和❶有相反的意思，即：〝音樂是重要的〞。

◇「どれだけ／どんなに　Ａことか」＝とても／非常に　Ａ　例：「難しい試験に合格して、どんなにうれしかったことか」

＜問2のカギ＞
「私たちの生活から音楽が消えてしまった。そのとき、私には、世界がいっそう暗くなったように思われた」Music disappeared from our life. At that time I felt like the world had become even darker. 音樂從我們的生活中消失了。那時，我覺得世界變得更黑暗。

＜問3のカギ＞
「私は音楽からどれだけ力をもらったことか」「音楽の力があらためて注目されたのだ」The power of music has been recognized anew. 音樂的力量又重新引起注目了。

選択肢について
問1　「音楽からどれだけ力をもらったことか」とは？
1　音楽はあまり大きな力をくれなかった。
（「大きな力をくれた」と言っている）
3　どれぐらい音楽の力が大きいかよくわからなかった。
（「どれぐらい大きいか」は問題ではない）
4　そのとき聞いた音楽はとても力強い曲だった。
（「どんな曲だったか」は問題ではない）

問2　「（私が）このように感じた」こと
2　音楽が消えても明るい生活が戻ってくると感じた。
（音楽が消えて「暗くなった」なら〇）
3　災害が起こったときに歌を歌うのはよくないと感じた。
（これは人々が感じたこと。私が感じたことではない）
4　もとの明るい生活に早く戻りたいと感じた。
（これは音楽が消えたあとに感じたことではない）

問3　音楽はどのようなものだと言っているか。
1　水や空気と同じように大切なもの
（「音楽より水や空気のほうが大切だ」と言っている）
2　忘れることができないもの
（「忘れることができない」のは前に聞いた特定の曲で、「音楽」全体ではない）
4　人々がいつも注目するもの
（人々は「音楽は人に力を与える」という事実にまた注目した。「いつも」ではない）

3番
問1　正解2
問2　正解2
問3　正解4

ことば
「携帯電話」cellphone　手機
「メール」email　電子郵件，郵件
「交換」exchange　交換
「しょっちゅう」frequently　不時地，總是，經常
「チェックする」check　檢查，確認
「気を付ける」be careful　注意
「気になる」can't get … off one's mind　在意
「仲良くなる」become friends　變得友好
「付き合い」relationship, friendship　交際
「互い」each other　相互
「ただの～」only ～　只是～
「相手」the other person, partner　對方
「信頼する」trust　信頼
「結果」result　結果
「思いがけない」unexpected　沒想到
「トラブル」trouble　問題，糾紛
「巻き込む」involve　被捲入
「避ける」avoid　避免

ポイント
メール交換の良くない点：
①メールのことばかりが気になって携帯電話をしょっちゅう見ていると、ほかのことに注意が向かなくなってしまう。If you can't get your email messages off your mind and keep looking at your cellphone, you will fail to pay attention to other things. 只在意郵件簡訊，不時地看手機，別的事都不注意了。
②相手のことをよく知らないのに親しみを感じて簡単に信頼してしまう。その結果、トラブルに

なることもある。You feel friendly and trust the person easily without knowing him/her well. As a result you may end up being in trouble. 並不了解對方卻因為感到親切而簡單的信賴對方。結果也有可能會發生糾紛。

<問1のカギ>
「メール交換のことばかりが気になって、ほかのことには注意が向かなくなっている心配があります」＝メール交換だけに気を取られて、しなければならないほかのことをしていないかもしれない。Being occupied only with exchanging emails, you may fail to do other things that you are supposed to do. 心思都用在交換郵件上，可能其他該做的事都沒做。

<問2のカギ>
「メールによる付き合いの問題点は、少しメールの交換をしただけで互いがよくわかったように思い、良い友だちができたと思ってしまうところです」＝問題点は、相手のことがよくわかっていないのに、良い友だちができたと錯覚することだ。The problem is that you've got an illusion that you have made good friends with someone when you know little about him/her. 問題點在於不是很了解對方的情況下，卻有交到好朋友的錯覺。

<問3のカギ>
「相手を簡単に信頼した結果、思いがけないトラブルに巻き込まれる人もいるのです」⇒メール交換には危険もある。

選択肢について

問1　気を付けること
「気を付けたほうがいい」は、ここでは「しないほうがいい」という意味だから、筆者が良くないと言っていることを選ぶ。"気をつけたほうがいい (should be careful about...)" here means "had better not do...," so you should choose what the writer says is not good. "氣を付けたほうがいい（還是小心比較好）"，在這是"不要做比較好"的意思，所以筆者說不太好。1、3、4は「しないほうがいい」と言っていることではない。

問2　メールによる付き合いの難しいところ
1　良い友だちや良い知り合いをつくれないこと
　　（これは、言っていない）
3　実際には会わないので相手をよく理解でき

ないこと
（「短い時間では」なら〇）

4　一緒に勉強や仕事をしないので親しくなれないこと
（「一緒に勉強や仕事をすれば親しくなれる」とは言っていない）

問3　[　③　]　に入るもの
「トラブルを避けるために必要なこと」が入る。しかし、1、2、3は、トラブルを避けるためにすることではない。

内容理解 長文

第1回

1番

問1　正解2
問2　正解1
問3　正解3
問4　正解4

ことば

「代表的（な）」representative, typical　代表性（的）
「楽（な）」easy, comfortable　簡單的，容易的
「親しむ」feel close to ...　親近

ポイント

①日本の言葉遊びには、「音を使った遊び」と「言葉の意味を使った遊び」がある。
②「しゃれ」と「回文」は「音を使った遊び」。「なぞなぞ」は「言葉の意味を使った遊び」。
③「しゃれ」は、短い文の中に同じ音の言葉を入れる遊び。
④「回文」は、前から読んでも後ろから読んでも同じになる文。
⑤「なぞなぞ」は、問題の中の言葉の意味から答えを考える遊び。

<問1のカギ>
「『音を使った遊び』の代表的なものは『しゃれ』です」「つぎのような、音を使った言葉遊びもあります。・・・これは『回文』というもので…」⇒「音を使った遊び」は「しゃれ」と「回文」
<問2のカギ>
「短い文の中に『らくだ』（動物）と『楽だ』という同じ音の言葉を入れて作ります。音が似ている言葉を使って作ることもあります」
<問3のカギ>
「これは『回文』というもので、前から読んでも後ろから読んでも同じになる文です」
<問4のカギ>
「言葉は考えを伝えるだけのものではありません。言葉を使って遊ぶことも昔から行われています」⇒言葉は、考えを伝えることだけに使うのではない。言葉を使って「遊ぶ」こともできる。

選択肢について

問1　音を使った遊び
音を使った遊びは、「しゃれ」と「回文」。「なぞなぞ」は意味を使った遊び。

問2　しゃれ
1　スキー、大好き
（下線の部分が同じ音⇒これは「しゃれ」）
2　遠く鳴く音（トオクナクオト）
（前から読んでも後ろから読んでも同じ⇒これは「回文」）
3　1年に1回しかとれないもの
（「年をとる」と言うから、「年／年齢」がこの問題の答え⇒これは「なぞなぞ」）
4　夏まで待つな。（ナツマデマツナ）
（前から読んでも後ろから読んでも同じ⇒これは「回文」）

問3　回文
「回文」は、前から読んでも後ろから読んでも同じになる文。
1　一つの字を違う音で読まなければならない。
（「一つの字を違う音で読む」ものは、この文章にはない）
2　文の中に音が同じか似ている言葉を入れる。
（これは「しゃれ」）
4　問題文から答えを考えることができる。
（これは「なぞなぞ」）

問4　内容と合っているもの
1　意味は同じでも音が違う言葉が日本語には多い。
（「意味は同じでも音が違う」については書いてない）
2　「言葉遊び」は人の考えを伝えるために必要なものだ。
（「人の考えを伝えるために必要なもの」は「言葉」。「言葉遊び」ではない）
3　良い「言葉遊び」の文はいつも短い。
（「言葉遊びの中には、短い文の中に同じ音や似ている音の言葉を入れる遊びがある」と言っている。言葉遊びの文はいつも短いのではない）

2番

問1　正解4
問2　正解3
問3　正解2
問4　正解2

ことば

「携帯電話」cellphone　手機
「ぶつかる」bump into ...　撞，撞到
「気にする」care　關心，留心

「文句」 phrase, complaint　牢騷，意見，話語

「～べきではない」＝～してはいけない

「迷惑」 bother, nuisance　麻煩，為難，打擾

「～はずだ」＝きっと～だろう

「いつでもどこでも」 whenever and wherever　無論何時何地

「やるやらない」 play or not play　做或不做（玩或不玩遊戲）

「個人」 individual　個人

「画面」 screen　螢幕

ポイント

①電車の中でゲームをしたり、歩きながらゲームをしている人がいる。この人たちは周りの人のことを気にしていない。

②仕事の後でゲームをしている人がいて、仕事中の社員から文句が出た。この会社では会社にゲームを持ってきてはいけないことになった。

③時間や場所を考えないでゲームをする人がいるのは困る。

④ゲームは周りの人の迷惑にならないようにやってほしい。

＜問1のカギ＞

「歩きながらやっていて人にぶつかってしまうこともある。見ているこちらのほうがこわいと思うが、ゲームをしている人は、全然気にしていないようだ」

⇒周りの人にぶつかってしまうかもしれないのに、ゲームをしている人はそれを気にしていない。

「見ているこちらのほうがこわいと思う」

＝こちら（私）は見ているだけなのに、こわい。Even though I'm only watching the player, I feel scared.　我只是看而已，就覺得可怕。

＜問2のカギ＞

「ゲームをしていた人たちは、『仕事中ではなくて仕事が終わった後なのだから何をしてもいい』と思っていたのだろう」

⇒仕事が終わった後なら何をしてもいいということではない。It is not that you can do anything after you're done with your work.　不是工作結束後做什麼都可以。

⇒ゲームをしていた人たちは、会社でしてはいけないことがあることがわかっていない。The game players do not understand that there are things they should not do at their workplace.　玩遊戲的人們不知道在公司裡有不能做的事。

＜問3のカギ＞

「会社は仕事をするところなのだから仕事に関係のないものを持っていくべきではない。それに、ほかの人の迷惑になるようなことをしてはいけない。それぐらいのことは、大人なら注意されなくてもわかるはずだ」

⇒「それぐらいのこと」とは「会社は仕事をするところだ」ということと、「ほかの人に迷惑になるようなことをしてはいけない」ということ。「これは大人はもちろんわかるだろう」と言っている。

＜問4のカギ＞

「だが、そのために時間や場所を考えないでゲームをする人が多くなってしまったのではないか」

⇒時間や場所を考えないでゲームをすることはよくない。ゲームをするときは、周りを見て、今ここでゲームをしていいかどうか確かめてほしい。

⚠

◇「ゲームをやるやらないは個人の自由だ」＝ゲームをするかしないかは、その人が自分で決めることだ。

選択肢について

問1　ゲームをしている人は何を気にしないか

1　ゲームをやっている人が多いこと
（これは事実を書いただけ）

2　ゲームの機械が小さいこと
（「機械が小さいことが問題だ」とは言っていない）

3　周りの人に見られていること
（「見られていることが問題だ」とは言っていない）

問2　「仕事の後でゲームをやっている人たち」とはどんな人たちか

1　仕事をしないでゲームで遊んでばかりいる人たち
（仕事をした後のことについて書いている。仕事をしない人ではない）

2　会社にゲームの機械を持って行ってはいけないことを知らなかった人たち
（この決まりは、文句が出た後にできた。それまでは、この決まりはなかったので、知っていたか知らなかったかは問題ではない）

3　(省略なし)

4　仕事をちゃんとやっているのに注意されてしまった人たち
（仕事が済んだ後のことについて書いているから、仕事をちゃんとするかどうかは問題ではない）

問3 「それぐらいのことは、大人なら注意されなくてもわかるはずだ」の意味

1 大人だから自分で間違いに気がつくまで<u>待ったほうがいい</u>。
（「待ったほうがいい」とは言っていない）

3 子どもでもわかることだから、<u>大人が大人に注意すること</u>はよくない。
（「大人が大人に注意する」とは言っていない）

4 大人が簡単に理解できることでも、子どもにはわからない場合がある。
（「大人にはわかるが子どもにはわからないことがある」とは言っていない）

問4 「自分の周りを見る」の意味
ゲームをしていい時間か、いい場所かを確認（かくにん）するために「自分の周りを見てほしい」と言っている。
It says they should look around to check if it's the right time or the right place to play games. 是說，為了確認是不是玩遊戲的時間、地點，〝要仔細看自己的周圍〞。

第2回

1番

問1 正解（せいかい）3
問2 正解2
問3 正解4
問4 正解1

ことば

「感想（かんそう）」comment 感想
「サイト」website 網站
「情報（じょうほう）」information 情報，資訊
「〜はずだ」＝きっと〜だろう
「悪口（わるぐち）」bad names, saying spiteful things 壞話
「流れる（ながれる）」flow, appear 流，傳播，播送
「種類（しゅるい）」kind 種類
「ますます」more and more 越來越〜
「信用する（しんようする）」trust 相信，信用，信賴

ポイント

①「口コミサイト」とは何か：インターネットには「口コミサイト」があって、だれでもこのサイトに感想を書いたり、情報を読んだりすることができる。自分の本当（ほんとう）の名前を出さなくても書くことができる。

②問題点：お金を払（はら）って、本当ではないことを書くように頼（たの）む店が出てきた。また、情報を出した人がだれかわからないし、その情報が本当かどうかもわからない。

③言いたいこと：正しい情報を選ぶのは難（むずか）しい。

<**問1のカギ**>

「食事に行くとき、この口コミサイトを見て、『おいしかった』などの良（よ）い感想（かんそう）が多い店を選べば、間違（まち）いがないはずです」＝口コミサイトを見て、多くの人が「おいしかった」と言っている店に行けば、きっとおいしい料理が食べられるだろう。

◇「間違いがない」＝失敗（しっぱい）をしない

<**問2のカギ**>

「このように便利（べんり）な口コミサイトですから、多くの人に利用（りよう）されています」⇒口コミサイトの良い点（てん）は「便利なこと」だと言っている。

◇「このように」＝その前に書いてあること
⇒客が料理や商品（しょうひん）をどう思ったかがわかるので、良い店が選べること

<**問3のカギ**>

「そのため、本当ではないことを書いてほしいと頼む店が出てきました。つまり、お金を払ってだれかに口コミサイトに『おいしかった』と書いてもらうのです」⇒「この方法（ほうほう）」とは、金を払って本当ではないことを書くように頼むこと。

「たくさんの客に来てほしいという気持ちはわかりますが」⇒たくさんの客に来てもらうために「この方法」を使う。

<**問4のカギ**>

「私たちはいつでも、正しい情報を選びたいと思いますが、それは、簡単（かんたん）にできることではないようです」⇒正しい情報を選ぶことは、簡単ではない。

選択肢について

問1 「間違（まち）いがない」の意味

1 店の場所を間違えない。
（店の場所を間違えるかどうかは書いてない）

2 インターネットの情報は正しい。
（「インターネットの情報には<u>正しくない情報も</u><u>ある</u>」と言っている）

4 <u>正しい情報</u>がもらえる。
（正しくない情報が伝わることもある）

問2 口コミサイトの良い点
客が料理や商品をどう思ったかがわかるので良い店が選べるから、「便利な口コミサイトですから、多くの人に利用されています」と言っている。つまり、「客が料理や商品をどう思ったかがわかる」ことがいいと言っている。1、

3、4 ではない。　It says you can pick a good store because you can find out what customers thought about its foods or merchandise, and "a lot of people use it because it's a convenient site." It says the good point is that "you can find out what the customers thought about the foods or merchandise." 1, 3, or 4 are wrong.　知道顧客對料理、商品的想法，因此能選擇好的店，〝因為是便利的口耳相傳網站，所以很多人在使用〞。也就是說，〝知道顧客對料理、商品的想法〞是件好事。不是1・3・4。

問3　「この方法」の目的

1　客に「おいしい料理だ」と言ってもらうための方法
（「この方法」は、金を払って『おいしい料理だ』と書いてもらって、客がたくさん来るようにするのが目的。客に「おいしい料理だ」と言ってもらうのが目的ではない）

The purpose of this technique is to get a lot of customers to come by asking to comment that "the foods are good." To have them say "the foods are good" is not the purpose.　（〝這個方法〞是付錢找人寫下〝很好吃〞，讓很多顧客上門是他的目的。讓顧客說出〝很好吃〞並不是目的。）

2　だれが書いたかわからないようにするための方法
（口コミサイトは名前を出す必要がないから、いつもだれが書いたかわからない。だから、だれが書いたかわからなくする必要はない）

3　店から金をもらうための方法
（「この方法」は、店の人が口コミを書く人に金を払って頼むこと。口コミを書く人が店から金をもらうためにするのではない）

問4　言いたいこと

2　店や商品を選ぶとき、口コミサイトをもっと使えばいい。
（「もっと使えばいい」とは言っていない）

3　口コミサイトの情報は正しくないので、使わないほうがいい。
（「使わないほうがいい」とは言っていない）

4　口コミサイトに感想を書くときは、本当の名前を使うべきだ。
（本当の名前を出した場合でもその人がウソを書くことがあると言っているから、「本当の名前を出すべきだ」は言いたいことではない）

It says that a person can still tell lies even if he/she uses his/her real name. Therefore, "Real names should be used" is not what it is trying to say.　即使是要寫

下真實姓名還是有人會寫假的，所以〝必須寫真實姓名〞並不是筆者想說的事。

2番

問1　正解3
問2　正解4
問3　正解3
問4　正解1

ことば

「高速道路（こうそくどうろ）」 expressway　高速公路
「発達（はったつ）」 development　發達，發展
「山奥（やまおく）」 deep in the mountains　深山裡
「新鮮（しんせん）（な）」 fresh　新鮮（的）
「（野菜（やさい）、魚（さかな）が）とれる」 (vegetables) are harvested, (fish) get caught　能吃到（蔬菜，魚）
「作物（さくもつ）」 crops　作物，農作物
「可能（かのう）（な）」 possible　可能（的）
「できるだけ」 as … as possible　盡可能
「活動（かつどう）」 activity　活動
「さかん（な）」 popular, thriving　盛行（的）
「結（むす）びつき」 connections　連接，結合
「自信（じしん）」 self-confidence　自信
「産業（さんぎょう）」 industry　產業
「結果（けっか）」 result　結果
「手（て）に入（はい）る」 can be obtained　得到，到手
「片寄（かたよ）る」 get unbalanced　偏向，偏

ポイント

①昔（むかし）と違（ちが）って今は、どこに住んでいても同じようなものが食べられる。高速道路が発達したおかげで、物を短い時間で遠くまで運ぶことができるようになったからだ。

②しかし、「遠くから来るものではなく、その地方のものを食べるようにしよう」という活動もさかんになっている。

③この活動の目的（もくてき）は、その地方の産業を活発にすることだ。その地方で作物を作った人と作物を買う人の間につながりができれば、農業とほかのいろいろな産業の関係（かんけい）が深（ふか）くなる。その結果、その地方全体（ぜんたい）の産業が活発になると考えられる。 The purpose of this activity is to make the local industry thrive.　If good connections are made between farmers who make crops in a region and people who buy them, the relationship between agriculture and other various industries will be deepened.　As a result, the industry of the whole region could thrive.　這個活動的目的是為了激發地方產業的活力。如果這個地方生產農作物的人和購買作物的人之間能相互聯繫，便可以加深農業和

其他產業的關係。結果可以想像，這地區的整體產業都會變得活絡。

④しかし、この活動の結果はいいことだけではない。よくないことも考えられる。この活動があまり進むと、また昔のように、遠いところで作られたものを食べることができなくなるかもしれない。だから、この活動だけが進められていくことがないようにしなければならない。However, the result of this activity is not all good. Negative things can happen as well. If this activity progresses too far, we may not be able to eat what is made in far-away places just as it was so many years ago. Therefore, it has to be cautioned that this activity alone be not progressed. 但是，這個活動的結果並不全然好的。也能想到有不好的一面。如果過分推展這個活動，又會像從前一樣，可能會吃不到很遠的地方所製造的產品。所以，不能只是一昧推展這個活動。

<問１のカギ>
◇「輸送にかかる時間が短くなり、どこでも同じような食生活ができる」＝速く運べるようになったから、いろいろな地方で同じものが食べられる

<問２のカギ>
◇「このような人と人の結びつきができると、農業者とほかの産業の人のネットワークが生まれ、農業とほかの産業のかかわりも強くなるだろう。そうなれば、その地方全体の産業が元気になるという考えだ」The idea is that when such connections among people are made, a network between farmers and other people from other industries will be born, and the relationship between agriculture and other industries will be strengthened. If that happens, they think, the industry of the whole region will be energized. 如果這樣連結了人與人之間的關係，從事農業者和其他產業者的網絡形成了，農業和其他產業的相互關係也增強了。如此一來，那個地區的整體產業都會變得活躍起來。 ：考え（ねらい、目的）：人の結びつきを作る（＝農業とほかの産業の関係が深くなる）⇒その地方全体の産業を活発にする。

<問３のカギ>
◇「ここでは野菜を作った人の顔を見て、話をすることができます。作った人が安全な野菜だと自信をもって売っていることもわかるので……」＝野菜を買う人は、その野菜を作った人に会って、直接話すことができるから、それが安全な野菜だということもわかる。＝直接会って話をすることで、安心して買うことができる。

<問４のカギ>
◇「地産地消に片寄りすぎることがないように、注意が必要だ」＝地産地消の活動だけがどんどん進んで広がることはよくないので、そうならないようにするべきだ。It is not good that the "local product, local consumption" activity progresses too far, so we should try to prevent it. 只是一昧地推展〝地產地銷〟的活動是不太好的，必須避免這種情況。

選択肢について

問１　「どこでも同じ食生活ができる」の例
1　北でも南でも同じ野菜が作られて、だれでも同じ野菜を食べる。
（「北でも南でも同じ野菜が作られて」いる、とは文章中に書いてない）
2　山に住む人も海辺の人もその場所でとれた野菜や果物を食べる。
（「その場所で」は、「どこでも」ではない）
4　朝、海でとれた新鮮な魚をその地方で昼食に食べる
（「その地方で」は、「どこでも」ではない）

問２　「人と人の結びつきを大切にする」目的
1　売られているものを安心して買えるようにすること
（「人の結びつき」は「ものを安心して買えるようにすること」とは直接の関係がない）
2　その地方の農業をさかんにすること
（「農業」だけでなく、いろいろな産業をさかんにする目的）
3　顔が見え、話ができるような関係をつくること
（このような関係をつくることについては、文章中に書いてない）

問３　「安心して買うことができる」と言う理由
1、2、4は、文章中に書いていないこと

問４　書いた人の考えに一番合うもの
2　この活動がますますさかんになるといい。
（書いた人の考えと反対のこと）
3　この活動によって各地で作られたものが簡単に手に入るのでいい。
（「各地で作られたものが手に入る」ことは、この活動ではない）
4　この活動の結果がいいことばかりになればいい。
（文章中に書いていない）

内容理解 短文　内容理解 中文　内容理解 長文　情報検索

情報検索

第1回

1番

問1　正解2

問2　正解4

問1　【課題】申し込みの期限

ポイント

◇このお知らせの日付は「3月15日」⇒「今月」は「3月」

◇「今月末日までに管理人室のポストに入れてください」：「今月末日」は「3月31日」⇒3月31日までに申し込まなければならない。

問2　【課題】青山さんが家にいることができる日と時間

ポイント

◇家にいられない日と時間（留守になる日と時間）：

①4月9日と13日（休みの日ではない。仕事に行く）

②4月10日と11日（出張に行く）

③「12日が休みになる。しかし、この日の午前中は歯医者の予約をしたので、午前中は留守だ」⇒12日の12時まで

⇒家にいられる日と時間は①②③以外＝12日の午後

2番

問1　正解1

問2　正解2

問1　【課題】申し込みの開始日

ポイント

◇「利用日の前月の1日から申し込めます」：「利用日」は「4月の前半」＝4月1日から15日ごろまで⇒「利用日の前の月の1日」は「3月1日」

問2　【課題】支払う料金

ポイント

◇借りる部屋：「日本料理の作り方を習いたい」「いっしょに習いたい人が15人になりました」⇒15人で料理を作るから、調理室Bを借りる。

◇借りる時間：「午後6時から」⇒夜間

◇部屋の使用料：調理室Bの夜間の料金は、1,000円

◇「なべなどの調理道具も借りなければなりません」「調理道具も利用する場合は、午前・午後・夜間ごとに500円をお支払いいただきます」⇒部屋の使用料のほかに500円を払う⇒1,000円＋500円＝1,500円

⚠ 「平日の6時から」：「土・日・祝日」ではないので、20パーセント増しにはならない。

第2回

1番

問1　正解3

問2　正解3

問1　【課題】4人の入場料（入園料）の計算

ポイント

①中山スタジアム：850円×2（大人2人）＝1,700円（子どもは0円）

②中央公園：550円×4（大人2人と子ども2人）＝2,200円

③なかやま動物園：600円×2（大人2人）＋300円（5歳の子）＋0円（2歳の子）＝1,500円

④なかやま公園：700円×2（大人2人）＋300円（5歳の子）＋300円（2歳の子）＝2,000円

⇒一番安いのは③

問2　【課題】条件に合うところ

ポイント

◇マニさんの条件：①子どもといっしょに楽しめる　②駅・バス停から歩いて（徒歩）10分以内

◇①の条件に合わないところは　2（大人向け）⇒1、3、4　が合う

②の条件に合わないところは1（徒歩15分）⇒3、4が合う

2番

問1　正解2

問2　正解1

問 1 【課題】本を返す日

◇「5 月 10 日に中央図書館で本を借りた」「本は 2 週間、7 冊まで借りることができます」⇒ 5 月 10 日から 2 週間以内に返さなければならない。⇒ 5 月 24 日までに返さなければならない。

◇「なるべく長く借りたい」＝なるべく遅く返したい⇒ 5 月 24 日より前で、一番遅い日に返す。

◇「川中幼稚園か川中駅で本を返したい」⇒ 5 月 24 日より前に車が来る日で、一番遅い日：川中幼稚園：5 月 23 日、川中駅（東口）：5 月 21 日、川中駅（西口）5 月 16 日：⇒ 5 月 23 日のほうが遅いので、5 月 23 日に返す。

問 2 【課題】移動図書館ではじめて本を借りるときに持っていくもの

◇「『本を借りるには「図書館利用カード」が必要です。（中央図書館と同じカードが使えます）』」⇒山田さんは、中央図書館で本を借りたのだから、中央図書館の「図書館利用カード」を持っている。移動図書館を利用する場合も、このカードを持っていけばいい。

⚠

「図書館の利用がはじめての方は、保険証など、住所・氏名を確認できるものをお持ちください。その場で『図書館利用カード』をお作りします」⇒山田さんははじめて移動図書館を利用するが、もう中央図書館の「図書館利用カード」を持っているので、保険証などは必要ない。

内容理解 短文　内容理解 中文　内容理解 長文　情報検索

The Preparatory Course for the Japanese Language
Proficiency Test : DRILL & DRILL Series
Copyright : 2014 by Hoshino Keiko + Tsuji Kazuko
The original edition was published by UNICOM Inc. in Japan.

「ドリル&ドリル日本語能力試験 Ｎ３ 聴解・読解」由日本「UNICOM Inc.」
授權在台灣地區印行銷售。
任何盜印版本，即屬違法。

ドリル＆ドリル
日本語能力試験　N3　聴解・読解

發 行 所：尚昂文化事業國際有限公司

發 行 人：沈光輝

著　　 者：星野恵子・辻 和子　2014 ©

劃撥帳號：19183591

地　　 址：新北市永和區仁愛路115號２樓

電　　 話：(02) 2928-4698

傳　　 真：(02) 3233-7311

出版日期：2014 年 9 月（初版）

總 經 銷：創智文化有限公司

電　　 話：(02) 2268-3489

定　　 價：380 元（2 CD）

http：//www.sunonbooks.com.tw

E-mail：shang.ang123@msa.hinet.net

行政院新聞局登記證局版台省業字第724號